KB113871

드레곤 레이드 2

크레도 퓨전 판타지 소설

초판 1쇄 찍은 날 § 2016년 12월 20일
초판 1쇄 펴낸 날 § 2016년 12월 27일

지은이 § 크레도
펴낸이 § 서경석

편집책임 § 조은상
편집 § 김현미

펴낸곳 § 도서출판 청어람
등록번호 § 제387-1999-000006호
등록일자 § 1999. 5. 31
어람번호 § 제1-2588호

주소 § 경기도 부천시 부일로 483번길 40 서경B/D 3F (우) 14640
전화 § 032-656-4452 팩스 § 032-656-4453
http://www.chungeoram.com
E-mail § chungeorambook@daum.net

ISBN 979-11-04-91105-7 04810
ISBN 979-11-04-91103-3 (세트)

FUSION FANTASTIC STORY

크레도 퓨전 판타지 장편소설

드래곤
레이드 2

DRAGON
RAID

청어람

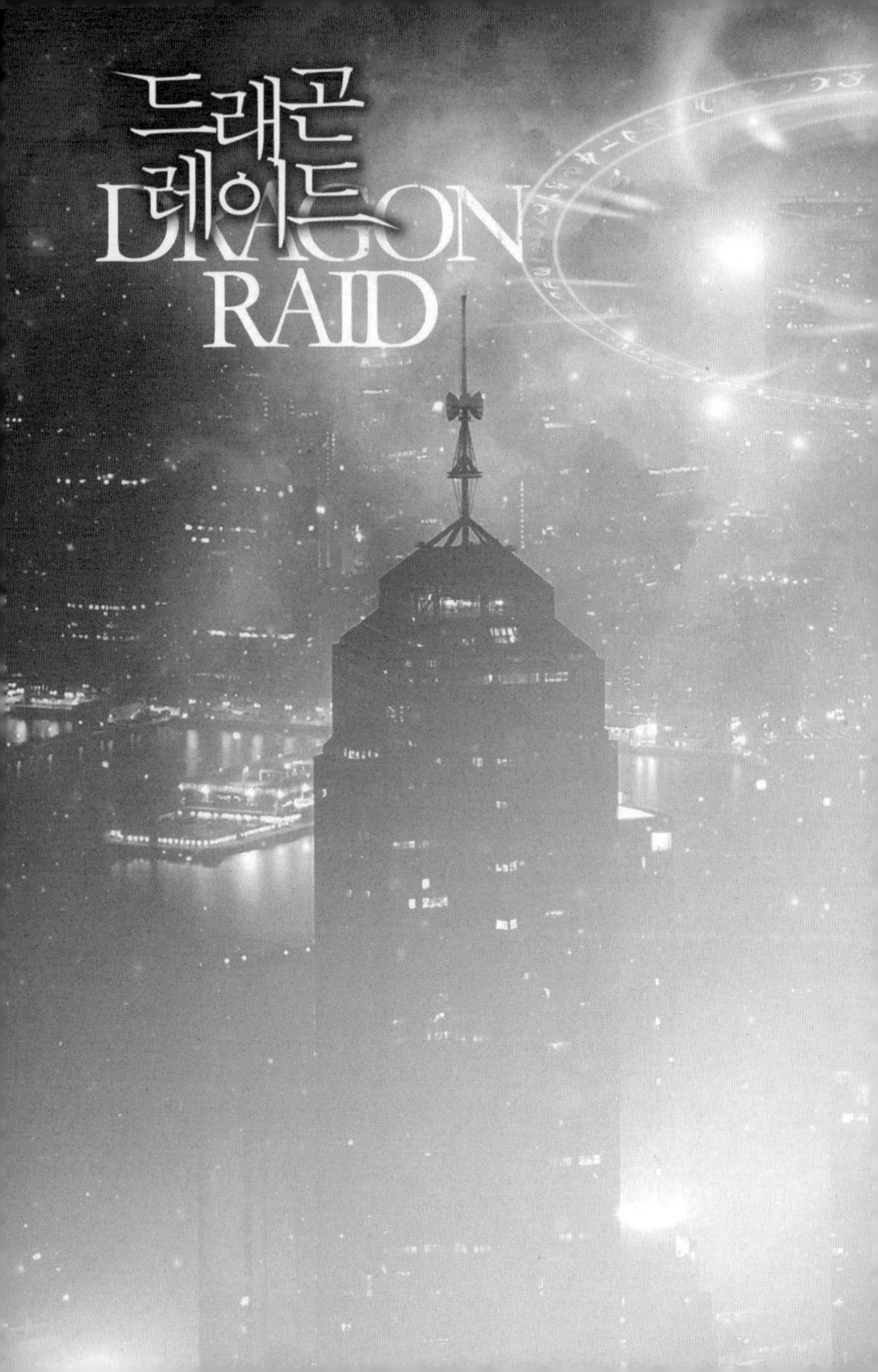
드래곤 레이드
DRAGON
RAID

CONTENTS

CHAPTER 1

사람의 마음, 용의 마음 II

[토벌대에서 탈퇴하셨습니다.]
[파티장에서 해임됩니다.]
[토벌대에서 성과에 따라 위로금과 경험치가 지급됩니다.]
[2,000C 획득!]
[1,300EXP 획득!]

　토벌대에서 얻는 경험치 중 일부는 토벌대로 보내지게 되
는데 토벌대가 해산한 이후에 전공에 따라 차등으로 지급되
었다. 토벌 퀘스트 완료 보상 외에 추가적으로 지급되는 보

상이다. 등수 차이에 따른 보상이 꽤 큰 편이어서 과거 아르케디아 플레이어들은 목숨을 걸고 전공을 세우려 했다. 이들은 정예 몬스터를 잡은 것이 컸기에 제법 괜찮은 보상을 받을 수 있었다.

스르륵!

신성의 가슴에 떠올라 있던 파티장을 나타내는 훈장이 사라졌다. 분명 화가 나는 일이지만 신성은 오히려 개운함을 느꼈다. 책임감과 부담에서 해방되었기에 마음이 무척이나 가벼웠다.

신성은 자리에서 일어나 말없이 등을 돌렸다. 신성이 그대로 걸음을 옮겨 밖으로 나갈 때다. 에르소나의 목소리가 신성의 귀에 닿았다.

"좋은 사냥 하시길. 미래의 만남을 고대하겠습니다. 결국 대세는 거스를 수 없을 것입니다. 아르케디아 온라인에서 그랬던 것처럼."

"꼭 그렇지만은 않지요. 그때와 지금은 다릅니다. 저나 당신이나. 서로 의미 있게 지내봅시다."

"제가 당신을 넘어설 것입니다."

"부디 그러길 바랍니다. 그래야 재미있을 테니까요."

신성은 자신이 있었다. 누가 가장 위에 도달할지는 이미 정해져 있었다.

신성은 막사 밖으로 나왔다. 앞으로 그녀와 만날 일이 없었으면 하지만 쉽지 않을 것이다. 과거로부터 시작된 악연이 지금까지 이어졌고 미래에도 연결되어 있었다.

정말로 질긴 인연이었다.

*   *   *

막사 밖으로 나온 신성은 작게 숨을 내쉬었다. 이렇게 입 아프게 설전을 벌이는 것은 자신의 취향이 아니었다.

'일단 시작은 손해인가.'

보상을 받기는 했지만 분명 큰 손해를 입었다.

2차 몬스터 웨이브까지 이제 얼마 남지 않은 시점이다. 이곳에 남아 있기만 한다면 막대한 경험치를 획득하여 20레벨 가까이 도달할 수 있을 뿐만 아니라 정예 몬스터들이 나타나는 만큼 드롭되는 아이템도 대단할 것이다.

스텟만으로도 정예 몬스터와 일전이 가능한 신성이 이곳에서 활약한다면 분명 보상 1위는 따놓은 것과 다름없었다. 그렇게 된다면 좋은 아이템을 확보할 수도 있을 것이다.

앞으로 벌어질 일을 생각해 볼 때, 선점의 효과를 떠올려 볼 때 레벨과 아이템을 최대한 맞춰놓는 것이 좋았다. 그러나 신성은 그렇게 하지 않았다.

그저 눈 한 번 감고 에르소나와 함께하면 될 일이지만 신성의 자존심은 그것을 허락하지 않았다. 일단 하고 싶지가 않고 흥미도 없었다.

'기회는 만들 수 있어. 모든 것이 내 머릿속에 들어 있으니까.'

기회는 다시 찾아올 것이다. 앞으로 열려 있는 가능성은 무한했다. 겨우 이런 자그마한 것들을 위해 마음에서부터 울리는 소리를 외면한다면 앞으로 자신의 두 손에 쥘 수 있는 것들도 초라해질 것 같았다.

신성과 에르소나는 가는 길이 달랐다. 어쩌면 에르소나에게는 이곳이 또 하나의 게임인지도 몰랐다. 신성은 이곳이 현실임을 피부로 느끼고 있었다.

무엇이 이득인지 따지기 전에 가장 기본적인 것을 지키지 않는다면 그 미래에서는 그 어떤 의미도 찾을 수 없을 것이다. 오히려 몬스터와 아무런 차이가 없게 되는 날이 찾아올지도 몰랐다.

신성은 결코 몬스터가 아니었다. 오히려 모든 몬스터를 때려잡은 플레이어였다.

'이득이라……. 세상을 돌아가게 하는 원동력임에는 틀림없지.'

신성은 그 자리에서서 잠시 눈을 감았다. 눈을 감으니 황금빛 들판이 펼쳐져 있다. 살며시 부는 바람 소리, 자그마한 오두막 위에서 흐르는 연기, 빵 굽는 냄새, 뛰어다니는 어린 NPC, 그리고 마차에서 웃고 떠들며 이동하는 플레이어들, 그 웃음소리를 들으며 흐뭇하게 미소 짓고 있는 할머니가 보이는 것 같았다.

너무나 뚜렷한 기억에서 나오는 환상에 불과했지만 신성은 마음이 따듯해졌다. 살아가는 것이란 결코 계산만으로는 쌓을 수 없었다. 신성은 지금에 이르러서야 조금은 과거의 모습에서 벗어날 수 있었다.

현실이라는 세계에서 스스로 서서 주변을 돌아볼 만큼 성장할 수 있었다. 눈을 뜨자 곧 사라지는 풍경에 신성은 피식 웃고는 고개를 끄덕였다.

해야 할 일은 명확했다.

신성은 이곳을 떠날 것이다.

'마석이 출몰했으니 곧 비활성 마석도 나타나겠지. 내 기억대로라면 곧 좋은 사냥터가 나올 거야.'

비활성 마석은 몬스터 웨이브가 일어나지 않는 마석을 말하는 것이다. 작은 던전 규모부터 시작하여 필드 규모까지 다양했다. 신성은 아르케디아 대륙의 지도를 떠올려 보았다. 몇 번이고 본 지도였기에 드래고니안의 기억 속에 확실히 남아 있었다. 세이프리와 마석의 위치는 거리와 방향으로 볼 때 대류의 지도와 똑같았다.

아르케디아 온라인은 세계 최대의 게임으로서 과부하를 막기 위해 중심이 되는 대도시와 그 주변에 펼쳐진 필드를 하나의 서버로 만들어놓았다. 때문에 다른 도시로 이동할 때는 서버 이동과 같은 개념으로 이동이 되는 것이다.

지금 세계의 대도시 위에는 아르케디아의 도시들이 떠올라 있었다. 그것이 중심이 되어 주변이 필드 역할을 하고 있는 것이다. 신성은 순차적으로 메인 퀘스트가 진행되어 다른 도시가 개방된다면 그것을 기점으로 다른 나라에도 마석이 나타나지 않을까 추측하고 있었다.

지금 한국의 서울은 가장 초보 서버인 세이프리 서버에 해당될 것이다.

'세이프리와 마석을 중심으로 놓고 서울 지도와 겹쳐 본다면…….'

신성의 이론이 맞는다면 비활성 마석의 위치를 추론해 낼수 있을 것 같았다.

'세이프리로 돌아가야겠군. 그 전에…….'

세이프리로 돌아가기 전에 이곳에서 무기를 손보고 가는 것이 좋을 것 같았다. 세이프리의 대장간은 상당히 비싼 편이라 자금이 부족할 것 같았기 때문이다. 재료의 공급이 끊긴 지금이라면 더욱 비쌀 것이다. 게다가 세이프리 NPC들의 기술은 대단히 허접해서 수리를 하면 오히려 망가지기로 악명이 높았다. 현실이 된 지금도 마찬가지일 것이 분명했다.

신성은 일단 이곳에 무기를 손봐줄 수 있는 아르케디아인이 있으니 얻은 아이템으로 무기를 업그레이드시킬 수 있으리라 생각했다. 앞으로의 일을 위해서는 스스로의 전력을 강화하는 것이 무엇보다 중요했다.

신성은 시선을 돌리다가 드워프와 페어리들이 모여 있는 건물을 발견했다. 본래 커피숍이던 곳을 개조해서 쓰고 있었는데 망치질 소리와 함께 금빛 가루가 하늘 위로 치솟고 있었다.

그들은 이곳에 모인 아르케디아인들의 아이템을 강화하거나 수리하는 중이다. 저런 식으로 아이템을 업그레이드시키면 해당되는 스킬 포인트와 경험치를 얻을 수 있으니 그들 입장에서는 지금이 대단한 기회였다. 대량으로 무기를 손볼 수 있기 때문이다.

생산계 직업이기 때문에 전투 능력은 크게 떨어질 것이다. 그러나 아르케디아인들은 장인에 대한 대우는 확실하게 해주었는데 그것은 현실화된 지금도 다르지 않을 것 같았다.

'분위기는 밝군.'

몬스터 웨이브가 시작되면 그들은 방어 라인 안쪽에 있거나 다시 천공의 도시로 귀환할 것이다. 목숨에 대한 위협이 그다지 없기 때문에 다른 이들보다는 상당히 밝은 분위기였다. 이런 식으로 전장에서 도움을 준다면 토벌 퀘스트에 참여하는 것이 되었기에 퀘스트가 완료되면 저들도 보상을 받을 수 있었다.

신성은 중간에 탈퇴해서 보상의 일부밖에 받지 못할 테지만 말이다.

"실례합니다."

신성이 다가가자 분주하게 움직이고 있던 드워프들이 하던 일을 멈추고 신성을 바라보았다. 그것은 페어리들도 마찬가지였다. 신성의 외모에 감탄하는 것도 있었지만 그들은 모두 신성의 손에 들린 검에 시선을 빼앗겨 버렸다.

"오, 오오! [F+]랭크 레어 무기다!"

"대단해! 드워프 장인 아시라한이 만들었다니!"

"능력으로만 따지면 [F+]이상이야! 초반에 이런 무기를 견식할 수 있다니! 게임에서보다 더 아름다워! 저 검집 좀 보라고! 그야말로 예술품이야!"

"오오! 이건 드워프의 걸작이다!"

드워프들은 신성의 옆에 몰려와 감탄하기 급급했다. 드워프들은 키가 작았지만 전혀 흉하지 않았다. 오히려 대단히 귀여운 쪽에 속했다. 묘사를 하자면 귀여운 어린아이를 닮은 모습이다. 수염을 붙이고 있기는 하지만 꼭 어린아이들이 할로

윈 분장을 한 느낌이 강했다.

일반적으로 떠오르는 수염을 덕지덕지 단 후줄근한 드워프들의 모습과는 차이가 있었다. 그도 그럴 것이 대부분의 플레이어들은 귀엽거나 예쁜 것을 좋아했기에 만약 추한 모습이었다면 그 누구도 고르지 않았을 것이다.

페어리들도 하늘을 날아오더니 신성 주위에 금빛 가루를 뿌리며 날아다녔다. 손바닥 크기의 페어리부터 어린아이보다 조금 작은 쥬얼리 페어리까지 다양했다.

"이름이 뭐예요?"

"좋은 향기가 나네요!"

"저기저기, 마법사예요?"

"엄청 멋지네요! 오늘 시간 있나요? 같이 다녀요!"

페어리들은 수다스러웠다. 확실히 설정에 따른 영향을 받고 있었다. 페어리들은 신성에게서 친근한 느낌을 받은 것 같았다. 반정령족이라는 설정상 마력에 상당히 민감했기에 신성이 품고 있는 순도 높은 마력에 끌리고 있는 것이다.

잠시 정신이 없던 신성은 이곳으로 온 목적을 상기하고는 최대한 부드럽게 미소 지으며 입을 뗐다.

"검을 업그레이드하고 싶습니다."

"만세!"

"좋아! 당장 손봐주도록 할게요!"

"이리로 오세요!"

드워프들은 신성을 이끌고 작업실 안으로 들어갔다. 작업대에 있는 무기들을 거칠게 치우더니 신성을 향해 손을 내밀었다. 반짝거리는 그들의 눈동자를 바라보다가 신성이 검을 내밀자 드워프는 조심스럽게 검을 받았다.

"오오, 이 완벽한 마감 처리를 봐."

"무기 위력 때문에 [F+]랭크지 예술적으로 본다면 적어도 [C]랭크 이상이야! 이런 작품을 현실로 보게 되다니! 아르케디아 만세!"

신성은 잠시 말을 잃었다. 대단한 열정이 느껴졌기 때문이다. 무언가 범접할 수 없는 분위기가 흐르는 것 같았다.

드워프 중에 가장 덩치가 큰 드워프가 홍조가 가득한 얼굴로 신성을 바라보았다. 안경을 쓰고 있었는데 안경이 상당히 커서 얼굴의 반을 가리고 있었다.

"마침 강화석도 있는데 무기 강화를 해드릴까요?"

"강화를 부탁드려도 됩니까?"

"네. 어차피 그렇게 하라고 보급 받은 거예요. 수인족들이 마석 주변에서 캐온 거지요. 필드 침식이 꼭 나쁜 것만은 아니라니까요. 하하하!"

필드 침식이 일어난 마석 주변에서 강화석이 발견되는 모양이다. 강화석은 오픈 필드나 던전 안에서만 캘 수 있었는데 이렇게 필드 침식이 일어나게 되면 그와 같은 환경으로 바뀌었기에 가끔씩 등장하는 경우가 있었다.

아무튼 마석에게 깊숙이 다가가는 것은 힘들었지만 강화석을 캘 정도로 다가갈 수는 있는 모양이다.

"그럼 비용은……?"

"조금 받는 것이 관례이긴 하지만 괜찮아요. F+급의 레어 무기를 강화시킨다면 저희도 엄청난 경험치와 스킬 포인트를 받을 수 있으니까요. 오히려 돈을 드리고 싶을 지경이네요."

"감사합니다. 곧 몬스터 웨이브가 시작될 것 같은데 괜찮을까요?"

"지금부터 작업하면 그전에 끝날 것 같네요. 하하, 전장은 무섭기는 하지만… 다른 분들이 목숨을 걸고 있으니 저희도 최대한 노력해야겠죠."

신성은 그렇게 말하는 드워프를 보며 웃었다. 강화석이 있다면 강화를 받는 것도 나쁘지 않을 것이다. 강화를 하면 무기의 위력이 늘어나며 +9강부터는 무기의 랭크가 상승되기도 한다. 강화 수치는 모두 날아가지만 랭크가 올라가니 대단한 이득이다. 그러나 +6강부터는 자칫 잘못하면 무기가 깨질 가능성이 있었다.

아르케디아 온라인에서 주 수입원이 바로 이 강화 시스템과 무기에 스텟과 속성을 부여하는 무기 각성 시스템이었다.

무기나 방어구의 랭크가 높으면 높을수록 그에 맞는 진귀한 강화석이 필요했고 강화 확률도 지극히 낮아졌다. 무기 각성 역시 마찬가지였다.

국내에서 만든 게임답게 상당한 악명을 떨친 시스템이다. 게이머들이 뽑은 최악의 현질 유도 시스템에 5년 연속 1위를 차지하기도 했다. 미국의 어느 플레이어가 공성전을 위해 집을 팔아 +9강 아이템을 구입한 일화는 대단히 유명했다.

물론 지금은 과거일 뿐이다. 그러나 앞으로의 미래는 과거보다 더욱 대단할 것 같았다.

"그럼 부탁드립니다. 아, 그리고 무기 각성도 다룰 수 있으신가요?"

"무기 각성이요? 네, 강화보다 간단해요. 근데 재료가 필요할 텐데요. 아쉽지만 여기엔 없는 터라……."

드워프가 아쉽다는 듯 손을 꼼지락거리면서 말하자 신성은 인벤토리에서 화염의 루비와 각성의 보석을 꺼냈다. 그러자 드워프뿐만 아니라 주변을 날아다니던 페어리들까지 눈이 휘둥그레졌다. [F]랭크의 각성의 보석은 그렇다 치더라도 화염의 루비는 게임 상에서도 진귀한 쪽에 속했기 때문이다. 랭크가 낮은 것이 흠이지만 지금 상황에서는 그야말로 최상급 보석이었다.

"화염의 루비!"

"게임에서보다 아름다워."

루비는 그 안에 이글거리는 불꽃을 가두고 있는 모습이었는데 상당히 아름다웠다. 그냥 그 자체로만 봐도 사람의 혼을 홀리는 듯한 아름다움이 존재했다. 만약 시중에 나오게 된다면 난리가 날 것이 분명했다.

페어리들도 넋을 잃으며 화염의 루비를 바라보았고, 드워프들은 심호흡을 하며 침을 꿀꺽 삼켰다.

"마, 맡겨주십시오! 반드시 성공시켜 보이겠습니다!"

"다른 거 다 치워! 아! 저분께 드릴 방어구 좀 가지고 와!"

신성이 화염의 루비와 각성의 보석을 넘기자 드워프들이 분주하게 움직이더니 의자를 가지고 왔다. 신성이 의자에 앉자 페어리들이 음료수와 과일을 두 손으로 들고 날아왔다. 신성은 마치 귀족처럼 극진한 대접을 받았다.

작업실 내의 모든 드워프와 페어리들이 작업대 주변에서 신중한 모습으로 모여 무기 강화를 진행하기 시작했다.

페어리들의 스킬이 있다면 강화 확률과 각성 부여 확률이 크게 올라가고 실패하더라도 무기의 손상을 어느 정도 방지할 수 있었다. 페어리와 드워프는 궁합이 잘 맞았기에 아르케디아 온라인에서는 둘이 붙어 다니는 모습을 자주 볼 수 있었다.

"강화석을 모두 가지고 와! +6강까지 다이렉트로 간다!"

"가장 좋은 걸로 가져올게!"

드디어 드워프들은 망치를 잡고 페어리들은 주변에서 날아다니며 춤을 추기 시작했다. 금빛 가루가 망치와 무기에 깃들기 시작하자 드워프들이 망치질을 시작했다. 여러 명이서 같이 작업하게 되면 작업 속도도 빨라지고 강화 확률도 늘어나게 된다. +6까지는 무기에 손상이 가지 않는 안전 강화지만 실패하면 강화석이 날아간다. 그렇게 되면 연속 강화로 인한 경험치, 스킬 포인트의 보너스를 받을 수 없기에 드워프와 페어리 모두 모여 작업에 참여하고 있는 것이다.

탕탕! 타다다다!

요란한 소리가 울리더니 빛이 뿜어져 나왔다. 빛이 사라지기 전에 바로 신성이 건네준 화염의 루비와 각성의 보석을 무기에 대고 망치질을 시작했다.

"전력으로 내려쳐!"

"으아아아!"

"붙어라! 붙어라! 착착 붙어라!"

"으오오오! 성공해라아아아!"

드워프들은 그렇게 외치며 마구 망치질을 했고,

"행운이 쑥쑥 오른다! 오른다!"

"고! 고! 고! 성공!"

"떠라! 떠라! 이야야얍! 뜬다!"

페어리들은 주변에서 춤을 추며 간절히 기도했다.

검에서부터 환하게 솟아나던 빛이 점차 사라지기 시작했다. 모두가 침을 꿀꺽 삼키며 검의 모습을 지켜보았다. 점차 검의 모습이 드러나기 시작했다.

잠시 침묵이 내려앉았다. 모두가 아무 말 없이 검을 바라보았다.

"돼……."

"됐다!"

"+6강화 유니크 무기가 떴다!"

드워프가 외치자 모두가 서로를 얼싸 안고 좋아했다. 레벨뿐만 아니라 스킬 포인트가 큰 폭으로 오른 모양이다. 모두 모험가의 팔찌를 들여다보기 바빴다.

신성이 의자에서 일어나 다가가자 드워프들이 환하게 웃었다.

"축하드립니다! 이렇게 한 번에 뜨기는 힘든데 운이 좋으시네요!"

"여러분 덕분입니다."

"헤헤, 아닙니다. 덕분에 스킬 포인트를 대량으로 얻을 수 있었어요! 최초의 유니크 무기 강화자라는 칭호도 얻었구요!"

드워프의 말에 신성이 예를 갖추며 대답하자 드워프들의 입가에 큰 미소가 걸렸다. 드워프가 작업대 위에 있는 검을 조심스럽게 신성에게 건넸다.

검의 모습이 달라져 있었다. 검집에는 화려한 불꽃 무늬가 새겨져 있고 은은한 빛이 흘러나오고 있었다. 유니크 무기의 위엄이 드러나고 있는 것이다.

[F+] 레드로즈의 검(유니크) +6

드워프 장인 아시라한이 휴먼 귀족인 레드로즈를 위해 만든 한손검. 아시라한의 손에서 만들어졌기에 예술적인 가치를 지닌다.

*근력 : +20(+15)

*민첩 : +30(+15)

*내구 : +20(+15)

속성 : [F+] 화염

*화염 추가 대미지 : +12%(+3%)

감정자 : [골치 아픈 좀도둑] 골드 고블린

―몰래 훔친 검이야! 그래서 이만큼이나 싸게 파는 거지! 드워프 놈들에게 들키지 않게 조심하라구!

레드로즈의 검이 큰 폭으로 업그레이드되었다. 신성 역시 감탄하며 바라볼 정도였다. +6강화로 전체적인 스텟이 상승했고 무기 각성을 통해 새로운 추가 스텟과 화염 속성이 붙어 유니크 무기로 재탄생했다.

'+9강을 노려서 랭크 상승도 노려볼 만할 것 같은데.'

랭크를 상승시킨다면 50레벨에 이르기 전까지 계속 쓸 수 있을 것이다.

그러나 신성은 고개를 저었다.

위험부담이 컸다. 무기가 그대로 날아가 버릴 수가 있기 때문이다. 운이 좋게 얻은 유니크 무기를 그대로 날려 버린다면 대단히 허무할 것이다. +7강부터 +9강까지는 그야말로 지옥의 구간이다. 자금력이 충분하지 않다면 지르는 것은 바보 같은 짓이었다.

신성은 아쉬운 마음을 달래며 욕심을 접어야만 했다.

역시 가진 것에 만족하는 것이 제일 힘든 일이었다.

스릉!

잠시 검을 바라보던 신성은 천천히 검을 뽑아보았다.

"오오!"

"멋지다!"

"역시 화염의 루비!"

드워프들이 감탄할 만큼 검은 멋있었다. 붉게 달아오른 검의 표면에서 이글거리고 있는 불꽃은 예술 작품으로 보이기까지 했다.

화염 속성이 좋은 이유는 대부분의 몬스터에게 큰 타격을 줄 수 있기 때문이다. 화염에 대한 면역이 있는 몬스터들은 많지 않았다. 특히 초반의 몬스터들은 모두 화염에 약했다. 화염 추가 대미지가 15%나 붙었으니 초반 몬스터들에게는 치명적으로 작용할 것이다.

'에르소나가 고블린에 만족하고 있을 때 나는 더 치고 나가겠어.'

과거에 그녀는 군단을 이루고 있었지만 신성을 넘어서지 못했다. 1인의 강력한 힘이 군단을 박살 낼 수 있었다. 게임이 아닌 현실에서도 그럴 것이다.

'새로운 시작이다.'

새로운 도전은 언제나 짜릿한 감각을 느끼게 해준다. 과거에는 그것이 살아 있는 기분을 느끼게 해주었다면 지금은 죽음이라는 두려움을 잊게 해주었다.

"그럼 가보겠습니다. 감사합니다."

"하하! 저희가 감사하죠! 아! 몬스터 웨이브가 끝나면 천공의 도시에 대장간을 차릴 것 같으니 필요하면 방문해 주세요! 좋은 사냥되시길!"

"예, 그렇게 하도록 하겠습니다. 행운의 신이 함께하시길."

"오! 오랜만에 제대로 듣는 작별의 말이네요!"

드워프와 페어리들에게 작별을 고하고 작업실 밖으로 나왔다.

2차 몬스터 웨이브가 발생할 시간이 다가오니 모두 분주하게 움직이고 있었다. 아르케디아인들의 얼굴에서 긴장감이 느껴졌다. 게임을 닮아 있다고는 하나 이곳은 현실이었기 때문이다. 그래도 그들이 정신을 날카롭게 다잡을 수 있는 것은 1차 웨이브를 극복한 것과 레벨 업을 하여 더욱 강해졌기 때문이다.

나무 성벽으로 걸어가는데 막사 밖으로 나와 있는 에르소나의 모습이 보인다.

신성과 에르소나의 눈이 마주쳤다. 신성은 그녀의 눈빛에서 어떤 야망과도 같은 것을 읽을 수 있었다. 그것은 분명 이 세계에 큰 영향을 미칠 것이다.

그녀의 옆에는 불의 엘더 아인트와 전 루나교 교주 김갑진이 서 있었다. 에르소나는 그곳에 자신이 있기를 바라고 있었다. 아르케디아인 중 유일한 최상위 종족이기에 엘리트 집단에 합류하여 아르케디아인들을 이끌어주기를 바란 것이다.

신성은 자신이 무언가를 얻고 버리는 그런 자리에 어울리지 않는다는 것을 알고 있었다. 자신은 결코 남을 이끌 만한 재목이 아니었다. 에르소나가 신성에게 목례를 하자 둘의 시선 역시 신성에게 향했다. 신성은 작게 인사하고는 그대로 등을 돌려 나무 성벽 쪽으로 다가갔다.

이곳에 왔을 때와는 다르게 신성의 주위에는 아무도 없었다. 50인은 대기소에서 재배치를 받아 모두 흩어졌다. 신성이 에르소나와 이야기를 나누는 사이 모두 흩어져 버린 것이다.

'조금은 씁쓸하군.'

에르소나의 의도가 섞여 있었지만 신성은 오히려 잘되었다고 생각했지만, 조금은 외롭게 느껴지기도 했다. 그러나 곧 적응될 것이다. 신성이 그렇게 생각하며 피식 웃고 나무 성벽을 향해 다가갈 때였다.

"어디 가십니까?"

"…수정 님?"

나무 성벽에 앉아 있던 김수정이 신성의 뒤에 착지했다. 신성은 고개를 돌려 김수정을 바라보았다.

"세이프리로 돌아가려 합니다."

"역시 무언가 마찰이 있던 모양이군요."

김수정은 신성이 토벌대에서 탈퇴된 것을 눈치챘다. 신성은 아무 말도 하지 않고 그저 살짝 웃었다. 김수정의 표정이 굳어졌다.

"저도 뒤따르겠습니다."

"아닙니다. 수정 님은 이곳에서 힘을 보태주십시오."

"제가 꺼려지십니까?"

시선을 돌리며 말하는 그녀의 모습에 신성은 웃음을 내뱉으며 고개를 저었다. 그녀는 무안한 듯 단검을 손으로 돌리고 있었다.

"수정 님 같은 분이 이곳에 계셔야 안심이 됩니다. 이곳에 계시는 편이 여러모로 이득이 많을 겁니다. 그리고 에르소나 님과 인연이 있으시니 그녀를 잘 지켜봐 주십시오."

"…그렇군요. 알겠습니다. 대신 두 가지 조건이 있습니다."

"예?"

김수정은 신성에게 다가와 자신의 모험가의 팔찌를 내밀었다. 신성이 그녀를 바라보자 그녀는 살짝 웃으면서 말을 이었다.

"일단 친구 추가를 해주세요. 마력장 속에서도 친구 추가 기능은 작동하더군요."

"친구 추가 말입니까?"

"네."

신성은 피식 웃으며 친구 목록에 김수정을 추가했다. 그가 게임을 할 당시에는 친구 목록에 단 한 명밖에 없었다. 그것도 늘 오프라인 상태로 있었다.

그래서인지 지금 온라인으로 떠올라 있는 그녀의 이름이 조금은 낯설었다.

"다른 하나는 무엇입니까?"

"이겁니다."

김수정이 살짝 웃으며 신성의 옆에 섰다. 까치발을 한 그녀는 신성의 뺨에 키스를 했다. 신성이 놀란 표정으로 바라보자 김수정은 아무 일도 없었다는 듯 뒤로 물러났다.

팔찌 위로 정보창이 떠올랐다.

[버프 : 3일]
[T] 다크엘프의 뺨 키스
다크엘프는 애정에 있어 적극적이다. 그들의 사랑은 몸과 마음을 다 바치기로 유명하다. 다크엘프의 진심이 담긴 키스는 부정한 기운을 쫓아버린다고 알려져 있다.
*행운 : +30
*명예 : +40

그것은 김수정도 예상하지 못한 결과였다. 신성이 그녀에게 뭐라 말하려 할 때였다.

"어! 파티장님!"

이유리가 쪼르르 달려와 신성의 앞에 섰다. 그녀는 보급받은 로브와 천 방어구를 입고 있었는데 이제 초보 티를 벗은 느낌이 났다. 들고 있는 스태프도 강화되었는지 윤기가 반짝였다. 신성은 이유리에게 사정이 생겨 돌아가야 한다고 말했다. 에르소나와의 마찰을 굳이 말해줄 필요는 없었다.

이유리의 표정이 시무룩해졌다. 고양이 귀가 처지는 것을 보니 그녀의 마음을 알 것 같다. 그녀는 상당히 많은 부분을 신성에게 의지하고 있었다.

"그럼 저도 친구 추가해 줘요."

이유리가 팔찌를 내밀자 신성은 잠시 눈을 깜빡이다가 피식 웃고는 고개를 끄덕였다. 신성의 친구 목록에 두 명이 넘은 것은 처음이었다.

"주기적으로 연락 및 보고를 드리겠습니다."

"귓말 할게요!"

김수정과 이유리가 그렇게 말하며 신성을 배웅했다. 무언가가 가슴을 따듯하게 만들었다.

신성이 나무 성벽으로 다가가자 성벽 앞에 있던 엘프가 다른 엘프 무리를 향해 손짓했다.

잠시 후, 나무 성벽이 천천히 열리기 시작했다.

"나가시면 이제 못 들어옵니다. 잠시 뒤 나무 성벽이 완전히 봉쇄될 것입니다."

엘프가 말했다. 신성은 엘프의 말에 고개를 끄덕였다. 곧 몬스터 웨이브가 다가오니 나무 성벽이 열리는 것은 이번이 마지막일 것이다. 신성은 부디 이 나무 성벽이 무너지지 않기를 바랄 뿐이다.

신성의 눈에 종말이 다가온 듯한 도시의 모습이 보였다. 마력장의 영향이 미치는 곳은 모두 급격히 녹슬고 무너져 내리고 있었다. 마석이 내뿜는 마력장은 현대 건물의 노화를 가속시켰고, 그 위에 필드 침식을 진행시켰다. 마치 공간을 잡아먹는 것 같은 풍경이다.

지구가 잡아먹히고 있다는 표현이 적절할 것이다.

마석을 가두고 있는 나무 성벽의 안쪽보다 오히려 더욱 위험해 보였다.

신성은 마석을 등진 채 성벽 밖으로 나왔다.

넓은 세상이 온몸으로 느껴졌다. 지금이라면 무엇이든 해낼 수 있을 것 같은 느낌이 들었다.

'강해지자. 예전보다 더욱.'

신성은 다시 새롭게 다짐했다.

*　　　　*　　　　*

에르소나는 누구나 인정하고 있는 아르케디아인의 대표였다. 과거의 명성이 현재까지 이어졌으며 오히려 더욱 높아졌다. 그녀의 모든 행동은 아르케디아인들의 머릿속에 확실히 각인되어 있었다. 그것은 자연스럽게 의도된 결과였고, 그녀를 아르케디아인을 이끄는 지휘관으로 만들어주었다. 불의 엘더 아인트와 전 루나교 교주 김갑진 역시 유명했지만 에르소나에 비할 바는 아니었다.

아르케디아 온라인 시절부터 불가능이라 여겨진 여러 레이드를 빠르게 클리어한 전적이 있는 그녀였다. 본인 스스로의 무력 역시 대단히 높아 랭킹 2위에 위치해 있었다. 하이엘프로는 최초로 마지막 종족 각성까지 이루어 그녀의 피에는 하이엘프의 군주들만 지닐 수 있는 엘브라스의 황금혈(黃金血)이 흐르고 있었다.

그것은 그녀가 최초였는데 게임 상에서 수만의 엘프 NPC들이 모두 모여 그녀에게 인사하는 장면은 플레이어들 사이에 명장면으로 남아 있었다. 비록 지금은 모든 것이 지워졌지만 말이다.

에르소나의 에메랄드빛 눈동자에 거대한 마석이 비추었다. 검은 기류에 휘감겨 있는 마석은 보는 이로 하여금 절로 소름 끼치게 만들었다. 저것에서 쏟아져 나오는 몬스터는 확실히 재앙이라 부를 수 있는 존재들이었다. 그러나 에르소나의 눈에는 그런 몬스터들이 기회로 보였다.

세상에 새로운 질서를 확립하고 더욱 나은 세계를 만들어 갈 수 있는 새로운 기회였다. 아르케디아인들은 지구에게 있어서 축복이 될 것이다. 완벽한 질서 아래 지구는 정화될 것이다.

에르소나는 그렇게 생각했다. 다만 신성이 남긴 말이 마음에 걸렸다. 타당한 부분도 있기에 계획을 일부 수정할 필요성을 느끼고 있었다.

'인간을 생각하는 최상위 종족인가? 자비인가, 가식인가.'

예전에도 그랬지만 그는 참으로 신비한 사람이었다. 예측이 불가능한 자였다. 최상위 종족다운 오만함을 지녔으면서 인간답게 생각할 줄 아는 기이한 자였다.

과거에는 최약체의 종족으로 최강의 힘을 손에 넣었다면 지금은 가장 높은 종족이면서 나약함을 쥐고 있었다.

그야말로 모순 덩어리다. 그러나 에르소나는 그런 모순이 그의 강함에는 전혀 영향을 주지 않는다는 것을 알고 있었다.

"에르소나, 몬스터 게이트가 곧 열린다. 그를 잡지 않아도 되겠나?"

에르소나의 옆에 서 있는 아인트가 에르소나를 바라보며 물었다. 에르소나는 그녀답지 않게 살짝 미소를 지었다. 그것은 가식이 아닌 진심이 담긴 미소였다. 꽤나 오랜 시간동안 그녀와 함께한 아인트로서도 자주 볼 수 없는 모습이었다.

불의 엘더로서 지닌 마안에서 그녀의 감정이 읽혀졌다.

'기대하고 있군. 숙적을 만나서인가?'

아인트는 에르소나가 유일하게 주목하고 있는 존재를 알고 있었다. 유일하게 에르소나와 충돌하여 살아남은 자였고, 오히려 에르소나에게 막대한 피해를 준 존재였다.

아르케디아인들은 그를 가리켜 마신, 최종 보스, 랭커 학살자, 재앙신 등으로 부르며 신성시했다.

그의 외모가 몰라볼 정도로 달라졌지만 아인트는 그가 마신임을 단번에 알 수 있었다. 영혼의 본질을 구별할 수 있는 그의 마안이 있었기에 가능했다. 그러나 그의 마안조차도 마신의 일부만 볼 수 있을 뿐이다. 더 다가가려 하면 자신이 잡아먹혀 버릴 것만 같았다.

아인트는 마신이 만든 전율스러운 광경이 떠오르자 몸을 한 차례 떨었다.

'그야말로 마신이었지. 재앙 그 자체였어.'

단신으로 여러 대형 길드를 쳐부수는 모습은 그야말로 지옥에서 올라온 마신이었다. 전장의 화신이었다.

압도적인 레벨과 아이템으로 찍어 눌렀고, 동원할 수 있는 모든 것을 동원해 그야말로 초전박살을 내버렸다. 시작은 사소한 시비였지만 그 끝은 대형 길드들의 일방적인 해체였다. 잠조차 자지 않으며 철저하게 복수하는 그를 보고 여러 길드장들은 악신이라 부르며 치를 떨었다.

"그가 어떻게 보이십니까?"

"마신 말인가? 음, 확실히 휴먼은 아니더군."

"그렇지요. 그는 휴먼일 때에도 대단한 자였습니다. 스텟,

아이템, 그리고 스킬의 조합. 그 모든 것이 완벽했지요. 휴먼의 약점을 극복하고 최강의 자리에 이른 자입니다. 누구도 예상하지 못한 휴먼 종족의 부흥기를 이끌어냈지요."

에르소나는 두 눈을 감으며 말했다. 과거를 회상하고 있는 것이다. 아르케디아 온라인에서의 과거가 지구, 그러니까 현실에서의 기억보다 더 현실처럼 느껴졌다. 오히려 지구에서의 나날들이 게임처럼 느껴지고 있는 것이다.

에르소나의 기억 속에 마신의 모습이 떠올랐다. 어디서 구해왔는지 모를 최강의 아이템을 들고 길드원들을 학살하고 있는 모습은 그녀의 뇌리 속에 선명하게 박혀 있었다.

그때의 그는 분명 휴먼이었다. 최약체로 분류된 휴먼 종족으로서 최강자의 자리에 있던 자다.

"지금에 이르러서 그는 솔플만을 고집하지도 않습니다. 50인을 단 한 명의 낙오자도 없이 이곳에 이끌고 왔습니다. 고블린 주둔지가 있을 것이라 예상되는 지점을 붕괴시키고 말입니다."

"확실히 그건 두려운 일이다."

"그런 그가 이제 우리와는 격을 달리하는 존재가 되었습니다."

"주변의 마나가 그를 중심으로 요동치더군. 적으로 돌리게된다면 전보다 훨씬 힘들 것이다. 회유가 힘들다면 그를 자극

하지 않는 것이 좋다."

"그에게 뒤처질 마음은 없습니다. 앞으로가 기대되는군요. 누가 옳았는지는 결과가 말해줄 것입니다."

에르소나의 눈빛이 가라앉았다. 아인트는 혀를 차며 고개를 설레설레 내저었다. 에르소나는 마신에게 처음 패한 그때처럼 맹렬하게 타오르고 있었다. 그 감정이 어떤 형태인지 아인트는 이해할 수 있었다.

'질투와 분노, 그리고……'

에르소나를 저렇게 만들 수 있는 자는 마신밖에 없었다.

CHAPTER 2

폭업을 위한 준비

두드드드드!

마석이 요동치기 시작했다. 지진이 일어난 것처럼 땅이 울리며 주변 빌딩들이 무너져 내리기 시작했다. 몬스터 게이트가 열리는 시각이 다가온 것이다.

"오늘을 기점으로 모든 것이 바뀔 것입니다. 계획이 바뀌었습니다. 인간들에게 반성할 기회를 줘보도록 하지요. 협상 때 저를 도와주셨으면 합니다."

"물론이다. 우리는 가야 할 길이 아주 머니 말이야. 김갑진 님을 통해 루나 님께도 전해 드리도록 하지."

"감사합니다."

에르소나가 감사를 표하자 아인트는 고개를 끄덕였다.

"곧 열리겠군. 몬스터 게이트, 마석, 던전, 오픈 필드… 앞으로 나타날 것을 생각하니 골치가 아파."

"인간에게는 재앙이겠지만 우리에게는 큰 가능성이 되어줄 것입니다. 아르케디아, 그곳에서 그랬던 것처럼. 우리는 그 무엇보다 숭고해질 수 있습니다."

"인간들인가……."

아인트는 인간이라는 단어를 입에 담으며 씁쓸한 표정을 지었다. 애초부터 자신들을 아르케디아인이라 칭한 것은 인간이었다.

휴먼 종족이 각성한 불의 엘더인 아인트에게는 인간과 자신을 구별하는 것이 낯설지만 에르소나의 측근들을 시작으로 벌써 그런 분위기가 형성되어 가고 있었다. 레벨 업을 하고 힘을 얻게 되면 그러한 분위기는 가속화될 것이 분명했다.

'신경 쓸 것 없겠지. 앞으로 나타날 것들을 상대하기에도 벅차니 말이야. 오히려 그게 나을 수도 있어. 재앙 앞에서 인권이니 자유니 하는 것은 부질없으니까.'

아르케디아인들을 대우해 주고 앞으로 나타날 메인 퀘스트에 대한 공략 환경을 조성해야 했다.

저 마석은 시작에 불과했다. 보스 몬스터인 마족 카르벤을 대비해야 했다.

그때까지 아르케디아인들은 싸울 수 있는 전력을 확보해야 만 했다.

에르소나의 사고방식은 평화를 지키기 위해서 적절하다고 할 수 있었다.

개인적인 이상론은 집어치워야 한다.

"시간이 되었군요!"

에르소나의 말이 울려 퍼지는 순간 마석에서 검은 기류가 하늘 위로 치솟았다. 순식간에 구름을 지워 버리더니 하늘을 더욱 검게 물들이기 시작했다. 태양빛이 가려지며 어둠이 찾아왔다.

두드드드드드!

마석 앞으로 검은 기류가 뭉치더니 거대한 문이 형성되기 시작했다.

고블린들이 조각되어 있는 문이었는데 그 크기가 마치 빌딩을 보는 것처럼 거대했다. 장엄한 몬스터 게이트의 모습에 모든 아르케디아인이 긴장하며 무기를 다잡았다.

기기기기긱!

문에 걸려 있는 쇠사슬이 팽팽하게 당겨지며 거대한 문이 열리기 시작했다.

세상이 크게 변할 시초가 될 2차 웨이브가 시작된 것이다.

그것을 지켜보는 에르소나의 입가에 작은 미소가 걸려 있다.

이제 본격적으로 시작된 것이다. 세상을 바꾸는 변화가 말이다.

*   *   *

신성은 안전지대로 이동한 후 세이프리로 귀환했다. 전투지역에서는 포탈을 열 수 없었기에 마석으로부터 제법 떨어진 곳까지 걸어가야만 했다.

아무도 없는 서울의 거리를 걷는 기분은 색달랐다. 세이프리에는 많은 아르케디아인이 있었지만 적막했다. 점점 더 많은 아르케디아인이 세이프리로 몰려오고 있었고, 본대에서 들려오는 상황을 주시하고 있었다.

마력 통신이 되지 않아 접하는 정보는 한정적이었지만 루나가 최대한 열심히 권능을 사용해 세이프리 전역에 상황을 알리고 있었다.

"오! 제대로 막아내고 있는 모양이야!"

"지금이라도 가고 싶지만… 1레벨이라 도움이 안 될 것 같은데."

"우리가 가봤자 개죽음이야. 1차도 아니고 2차 웨이브라고."

"아, 젠장. 상점 아이템은 비싸서 사지도 못하고 일상 퀘스트는 해봤자 레벨 업도 안 되고."

"그래도 죽는 것보단 낫잖아. 부활석도 없는데."

수많은 아르케디아인이 모여 이야기를 나누고 있었다. 대부분이 1레벨이었다. 초보자용 복장에 무기라고는 목검 정도뿐이다. 1차 웨이브에 참여한 이들의 장비 상태와 비교해 볼 때 하늘과 땅 차이였다.

지금 에르소나 진영에 있는 아르케디아인들의 레벨은 대체로 15레벨 이상은 될 것이다. 1차 웨이브의 경험치 때문이다.

2차 웨이브와 보스전을 다 합치면 적어도 20레벨 이상으로 올라 1차 각성이 가능했다.

그들과 다른 아르케디아인의 격차는 점점 더 벌어질 것이다. 선점 효과를 에르소나를 필두로 한 그들이 독식할 것이 뻔하기 때문이다.

그 뒤는 어떻게 될까?

에르소나는 자신의 힘과 세력을 이용하여 다른 아르케디아인들을 길들일 것이 분명했다.

아이템과 레벨 업을 미끼로 자신의 위치와 권력을 더욱 강하게 만들 것이다. 그녀는 그럴 만한 능력이 있었고, 그녀의 곁에는 그녀를 도와줄 수 있는 많은 랭커가 있었다.

그러나 신성은 초조해하지 않았다. 그에게는 해당되지 않는 것이었다.

'보스전이 끝나면 비활성 마석이 등장할 거야. 어쩌면 필드 몬스터도 등장하겠지. 레벨이 낮은 비선공 몬스터이기는 하지만.'

에리소나는 일단 마석 공략에 힘을 쏟을 것이다. 어디에 나타날지 모르는 비활성 마석보다는 그 큼직한 마석 공략을 하는 편이 편할 터이다.

실제로 비활성 마석은 메인 퀘스트에 해당되는 마석보다 경험치 효율이 떨어지는 것이 대부분이다. 하지만 딱 한 군데, 그렇지 않은 곳이 있었다.

'오픈 초기에 생긴 버그.'

경험치 수치가 잘못되어 한동안 말이 많던 마석이다.

그 비활성 마석은 빠르게 닫혔는데 회사 측에서는 이벤트라고 둘러댔다. 한참 있다가 나중에 다시 나타났을 때는 다른 마석과 비슷한 수준이 되었다.

'어디까지가 현실화될지는 모르지만 일단 찾아는 봐야겠지.'

그곳을 찾을 수 있다면, 그곳이 나타난다면 에르소나와 벌어진 격차를 단번에 뛰어넘을 수 있을 것이다. 오히려 훨씬 유리한 고지를 먼저 점할 수 있을지도 몰랐다.

신성에게는 지금 힘이 필요했다. 그것은 에르소나에게 대항하기 위함이 아니었다. 자신의 힘으로 자신의 신념을 지켜나가기 위함이다.

모든 웨이브가 끝난 이후에 비활성 마석이 등장할 것으로 예상되니 그동안 부족한 부분을 채우고 본격적으로 레벨 업 계획을 세우는 것이 좋을 것 같았다.

지금의 스텟과 스킬이라면 대량 학살을 통한 레벨 업이 가능할 것이다.

신성은 너덜너덜한 로브를 눌러쓰며 상점가로 향했다.

세이프리의 상점가를 지나는 아르케디아인이 많았다. 그러나 아이템 가격이 비싸 좀처럼 원하는 아이템을 구하지 못하고 있었다. 세이프리가 지구로 오면서 재료의 공급이 끊겼기 때문에 자동적으로 아이템의 가격이 올라가고 있는 것이다.

하급 포션조차 에르소나가 독점하여 사들인 이후 물량이 없어 포션 상점의 진열대는 텅텅 비어 있었다.

아르케디아인들이 재료를 공급하게 되면 상황이 많이 나아질 테지만 그렇게 되기까지는 시간이 필요했다.

신성은 '빛나는 황금 솥 연금술 전문 상점'이라고 쓰여 있는 간판을 지켜보다가 안으로 들어섰다.

상점 안은 적막했다. 게임 초반에는 미어터지다 못해 들어가지도 못했지만 지금은 파리를 날리고 있었다.

카운터에서 졸고 있는 수인족 여인이 보였는데 강아지 귀를 달고 있는 견인족이다.

본래 세라라 불리는 NPC였지만 지금은 아르케디아인과 똑같은 하나의 생명체였다.

신성이 다가가자 그녀가 화들짝 놀라며 깨어났다. 로브를 눌러쓰고 있어 음침한 모습인 신성에게 겁을 먹었는지 귀가 처지며 꼬리가 내려갔다. 게다가 고블린의 피가 잔뜩 묻어 있는 로브다 보니 더더욱 겁을 먹은 눈치였다.

신성이 후드를 벗고 세라를 바라보자 세라의 표정이 멍해졌다. 두려움이 순식간에 날아가 버린 듯 보인다.

"혹시 장사 안 하십니까?"

"아? 어, 어서 오세요!"

신성의 목소리에 정신을 차린 세라가 환한 미소를 지으며 신성을 맞이했다.

"히, 힘든 하루였나 보네요, 모험가님."

"조금은요."

"그… 무엇을 찾으시나요? 아쉽게도 포션은 전부 다 떨어져서 없어요. 재료 공급도 안 돼서… 언제 만들 수 있을지도 모르구요."

"혹시 라플 가루는 있습니까?"

"그거라면 있어요! 잠시만요!"

세라가 상점 한쪽에 마련되어 있는 창고로 뛰어가 자루 하나를 들고 왔다. 톡 쏘는 기이한 향이 감도는 라플 가루가 들어 있는 자루였다. 라플 가루는 [F-]랭크 오픈 필드에서도 잘 나오는 라플이라는 애벌레를 갈아 만든 가루였다.

신성은 상당히 많은 수량으로 보이는 라플 가루를 보고 작게 웃었다. 그 웃음을 본 세라의 얼굴이 급속도로 붉어졌다. 신성이 그녀를 바라보자 그녀는 시선을 피했지만 꼬리가 활발히 양옆으로 움직이고 있었다.

신성은 영업용 미소를 지으며 그녀를 바라보았다.

"가격이 어떻게 됩니까?"

"하, 한 자루에 300C예요. 그… 여유 물량이 없어서… 음… 저기… 250C에 드릴게요……."

"많이 올랐네요."

"죄, 죄송해요……."

그녀는 마치 죄를 지은 것처럼 고개를 푹 숙였다. 신성은 부드러운 미소를 유지하며 고개를 저었다.

"350C에 구매하겠습니다."

"네?"

"대신 연금술을 조금 가르쳐 주실 수 있겠습니까?"

"연금술이요? 저, 저도 [E]랭크밖에 안 돼서……."

"괜찮습니다. 세이프리의 금빛 손이라 불리시는 세라 님께서 가르쳐 주신다면 대단히 영광일 것입니다."

신성이 정중한 어투로 말하자 세라의 얼굴이 폭발하기 직전이다.

신성은 그녀를 압박하여 가격을 깎을 생각이 없었다. 한다면 할 수 있겠지만 장기적으로 볼 때 큰 손해였다. 차라리 취할 수 있는 것을 취하면서 좋은 관계를 유지하는 것이 나았다.

신성은 NPC와 장사를 해본 적이 있었다.

NPC의 호감도를 끌어올리는 것은 편한 플레이를 위해 필요했다.

서로 이익이 되는 방향으로 공생하는 것이다.

과거 신성이 비록 AI이기는 하지만 NPC와의 호감도를 끌어올렸던 핵심이었다.

"알겠어요! 온 힘을 다해 가르쳐 드릴게요! 맡겨주세요!"

세라가 주먹을 불끈 쥐며 말했다.

[세이프리의 황금 손] 세라와 사제 관계가 되었습니다.

*세라의 가르침을 받을 수 있습니다.

*세라와의 관계가 우호로 바뀝니다.

팔찌에 창이 떠오르는 순간 신성의 눈이 잠시 반짝였다. 마치 보석처럼 반짝였지만 세라는 시선을 돌리고 있어 보지 못했다.

[드래곤의 눈이 발동하여 정보창이 생성됩니다.]

*세라의 정보창 확인 가능

28Lv

이름 : 세라

소속 : 세이프리의 빛나는 황금 솥 연금술 전문 상점

궁합 : 양호(76%)

호감도 : 56%(호기심, 우호)

속감정 한마디 : 처, 첫 제자에게 잘 가르쳐 줄 거야!

*'드래곤의 눈' 스킬 랭크가 낮아 다른 항목 확인 불가(속궁합, 이상형, 좋아하는 것 등등)

드래곤의 눈으로 인해 세라에 대한 정보까지 볼 수 있었다.

이것은 다른 아르케디아인은 할 수 없는 것이다. 신성은 크게 놀랐지만 표정을 빠르게 수습했다. 아르케디아 온라인에서는 호감도 시스템을 통해 NPC와 결혼까지 가능했다. 물론 아무래도 AI 프로그램이다 보니 패턴이 단조로웠지만 그래도 많은 솔로들의 위로가 되었던 기능이었다.

특히 엘브라스에는 예쁘고 잘생긴 NPC가 많았기 때문에 많은 솔로들이 찾곤 했다.

인기 있는 NPC들이 함락될 때마다 유저들이 원망과 분노를 담아 게시판에 올리곤 하던 기억이 난 신성이다. NPC와 결혼에 이르려면 상당한 시간과 선물을 바쳐야 했다. 고위 NPC라면 그 수준이 비약적으로 상승했다.

'재미있는 광경이었지.'

옛 생각에 살짝 웃은 신성은 인벤토리에서 350C라고 적혀 있는 마력 코인을 꺼내 세라에게 건넸다.

일반적인 마력 코인의 용량은 1,000C까지였는데 1KC로 표시되었다.

마력 은화나 마력 금화로 표시되는 마력 화폐는 더 큰 용량을 담을 수 있었기 때문에 아르케디아 온라인에서 비싼 아이템을 거래할 때에는 마력 금화나 은화를 사용했다.

마력 코인을 받은 세라의 얼굴에 큰 웃음이 그려졌다.

오늘 처음으로 얻은 수입이기 때문이다. 마력 코인은 화폐로서의 가치도 있었지만 순수한 마력 그 자체를 담고 있었기 때문에 고급 아이템 조합에 꼭 필요한 재료이기도 했다.

상위 랭크로 갈수록 들어가는 마력 코인의 양이 그만큼 더 늘어났다.

신성은 라플 가루가 들어 있는 자루를 인벤토리에 넣었다. 한 자루를 담으니 인벤토리가 반이나 차버렸다. 인벤토리를 확장할 수 있는 가방이나 주머니를 사야 할 필요성을 느낀 신성이다. 그러나 마력 코인이 부족했기에 그 시기는 조금 미루어질 것이다.

"그, 그럼 언제부터 시작할까요?"

"지금 당장 가능합니까?"

"네, 가능해요. 잠시만요. 가게 문을 닫고 올게요."

어차피 손님도 없으니 가게 문을 아예 닫은 세라였다.

가게 문을 닫고 온 세라가 작업실로 안내했다. 기분이 좋아졌는지 꼬리가 살랑살랑 흔들리고 있다.

작업실 안에는 연금술을 행할 수 있는 각종 도구가 정갈하게 배치되어 있었다.

기초 연금술 스킬을 배울 수 있는 서적은 아카데미에서 구매해야 한다. 가격이 비싼 편이라 50C의 강습료를 내고 배우는 것이 훨씬 이득이었다.

본래 NPC가 스킬을 가르쳐 줄 경우 스킬 서적으로 단번에 배우는 것보다는 느리지만 스승의 실력에 따라 최하위 랭크가 아닌 좀 더 높은 랭크에서 시작할 수 있었다.

단번에 배울 수 없어 꾸준히 가르침을 청해야 하는 단점이 있지만 스킬 포인트를 아낄 수 있었다. 물론 신성은 그녀에게 꾸준히 가르침을 받을 생각이 없었다.

그에게는 용의 재능이라는 무지막지한 스킬이 있다. 용의 재능으로 어떻게든 될 것이라 생각했다.

"그럼 기본적인 것부터 설명해 드릴게요! 아, 성함이……."

"이신성입니다, 세라 님."

"신성… 이신성. 아… 그… 네, 신성 님. 이론을 듣고 실제로 해보면 금방 배우실 수 있을 거예요! 파이팅!"

"알겠습니다."

"히힛, 그럼 일단……."

세라는 기초 연금술 이론에 대해 설명해 주었다. 연금술은 아이템 제작, 조합, 합성, 강화, 그리고 마법 부여에 있어서 필수적인 학문이다. 대장장이 기술과 상성이 좋아서 연금술 상점 옆에는 대장간이 붙어 있곤 했다.

신성은 망각이 없었다. 게다가 용의 재능 때문에 막힘없이 모두 이해가 되었다.

[기초 연금술 이론을 배웠습니다.(100%)]

단번에 이론을 배워 버린 신성이다. 신성이 막힘없이 이해하자 놀란 표정이 된 세라는 실습해 볼 것을 권했다.

신성은 조합 도구 중 하나인 조합의 솥 앞에 섰다. 솥 앞에 마법진을 그리고 아이템을 넣으면 입력한 값에 따라 아이템이 조합되어 나오는 것이다.

"기초 조합품인 빛나는 돌을 만들어보세요. 조합 재료를 드릴게요."

세라의 말에 신성이 거침없이 손을 움직이자 세라가 살짝 웃으면서 말했다.

"처음에는 모두 실패해요. 서두를 필요 없어요. 하루아침에 익힐 수 있는 것이 아니에요. 시간을 가지고 천천히……."

티잉!

그때 경쾌한 소리와 함께 조합의 솥이 공중으로 떠오르기 시작했다. 푸른 빛무리에 감싸여 마구 회전하더니 맑은 공명음이 울렸다. 조합 실패가 되면 뚜껑이 열리며 안에서 매캐한 연기가 터져 나왔다. 그러나 솥은 은은한 빛에 감싸여 조용히 착지했다.

"성공한 것 같습니다."

"그, 그, 그럴 리가!"

신성의 말에 세라의 얼굴이 놀람을 넘어 경악에 물들어 버렸다. 조합을 성공시켰다는 말은 연금술을 습득했다는 말과 같았다.

재능이 뛰어나다고 알려진 그녀조차 일주일이 넘는 노력 끝에 간신히 조합에 성공할 수 있었다. 그런데 신성은 단 한 번 이론을 들은 것만으로 성공시킨 것이다.

그가 연금술을 배우지 않았다는 것은 스승인 그녀가 확인할 수 있는 항목이다. 그는 분명 처음 연금술을 다뤄본 것이다.

세라는 다급히 솥의 뚜껑을 열어보았다. 그곳에는 조합의 성공을 알려주는 빛나는 돌이 있었다.

[빛나는 돌 조합에 성공하셨습니다.]
*[F+] 기초 연금술을 습득하셨습니다.

[칭호 습득!]
*[E] 한 번에 깨달은 자
행운+20

신성의 드래곤 하트가 세찬 고동을 뿜어냈다. 신성은 이 느낌을 알고 있었다.

암흑 마법이 용언 마법으로 변할 때 겪은 현상이다. 신성이 두 손을 불끈 쥐는 순간이다.

[스킬이 업데이트되었습니다.]
[F+] 기초 연금술이 [E] 드래곤의 연금술(레전드)로 변경되었습니다.

[티]드래곤의 연금술(0/200P)(레전드)

고대 드래곤들의 지식으로부터 파생된 연금술. 그들의 지식 전수 방식은 드래곤 하트로부터 전해진다. 드래곤의 눈과 드래곤 하트, 그리고 용언을 이용한다면 연금술의 성공률을 크게 올릴 수 있다.

*[F-]～[E] 랭크 조합 가능
*10% 확률로 [E+] 랭크 출현
*드래곤의 조합서 열람 가능

'드래곤의 조합서라……'

신성이 모르는 조합 비법이 담겨 있을 것 같았다. 모험가 팔찌와 연동되어 팔찌를 통해 열어볼 수 있었다.

실체화까지 가능해서 책처럼 펴볼 수도 있었는데 신성과 거리가 떨어지게 되면 자동으로 사라지는 형식이었다.

"아……."

세라는 멘탈이 나간 듯 입까지 벌리며 멍한 표정이다. 간혹 이상한 웃음소리를 내는 것을 보니 정신적 충격이 엄청난 것 같았다.

신성이 그녀의 어깨에 손을 올리자 그녀는 화들짝 놀라며 표정을 수습했다.

"추, 축하드립니다. 여, 연금술을 익히셨네요."

"세라 님의 뛰어난 지도 덕분입니다."

비록 이론을 가르쳐 준 것밖에는 없지만 말이다. 가르쳤다고 하기에도 민망한 일이다. 세라는 신성이 그렇게 말하자 얼굴을 붉히며 손사래를 쳤다.

"그, 그럴 리가요. 신성 님께서 대단히 뛰어나신 덕분이지요. 신성 님은 연금술을 빛낼 사람이 되실 거예요."

세라의 눈빛이 반짝반짝 빛났다. 존경을 담은 눈빛이다.

세라는 신성의 미소에 얼굴을 붉히다가 자신의 상태를 확인하더니 크게 놀란 표정이 되었다. 과거 NPC이던 이들도 아르케디아인처럼 상태창을 확인할 수 있었다. 모험가의 팔찌가 아닌 마법적 능력을 통해 보는 것이지만 말이다.

"저, 저도 랭크가 상승했어요!"

"축하드립니다."

"신성 님 덕분이에요!"

사제 시스템에서 제자가 뛰어난 성취를 보이게 되면 스승역시 랭크 상승이 이루어지게 된다. 이것은 플레이어 사이에서도 마찬가지여서 제자를 들이는 플레이어도 많았다.

세라는 감정이 벅차오르는 듯 눈물까지 글썽였다. 아르케디아인과는 다르게 세라와 같은 아르케디아 원주민은 성장폭이 대단히 느렸다. 그들의 인적 정보는 기본 설정에 충실하게 따르고 있었다.

신성과 같은 모험가가 아닌 세라에게 있어서 랭크 상승은 확실히 힘든 일이었다.

[세라의 호감도가 상승하였습니다.]
[호기심, 우호(56%)→존경, 호감(66%)]

신성은 고개를 살짝 갸웃했다. 호감도가 너무 가파르게 오르는 것 같아서였다. 세이프리의 초보 NPC도 호감도에 관해서는 상당히 엄격하던 기억이 있다.

세라 역시 꽤나 인기가 있는 NPC여서 비싼 선물을 주어도 호감도가 전혀 오르지 않기로 유명했다. 그녀의 취향에 딱 맞는 선물을 줘도 1%가 오를까 말까 했다.

신성은 그녀가 자신에게 호감을 갖는 것이 무척이나 신기했다. 얼굴이 잘난 것은 인지하고 있었지만 그게 큰 작용을 했다고는 생각하지 않았다.

아르케디아인은 대부분 미남미녀였기 때문이다. 물론 휴먼 종족과 같은 종족은 제외하고 말이다.

"다른 것들도 실습해 보실 생각인가요?"

"아니요. 대충 알 것 같습니다. 잠시 공방을 빌려도 되겠습니까?"

"얼마든지요. 언제든지 환영이에요."

"감사합니다, 세라 님."

"아, 아니에요. 제가 더 감사해요."

세라는 손을 붕붕 저으며 말했다. 신성이 그녀를 보고 절로 미소가 지어질 만큼 기분이 좋아 보였다. 왜냐하면 그녀의 꼬리가 마구 흔들리고 있었기 때문이다.

신성은 라플 가루 자루와 하급 마정석 몇 개를 꺼냈다. 하급 마정석은 충분히 있었다. 고블린을 잡아 얻은 것들이었다.

'본래 만들려던 것은 마력 라플 향 마력 유인제였지만……'

신성이 가려는 던전에서 잘 먹히는 것이 바로 라플 향 마력 유인제였다.

몬스터들이 환장하며 모여들 것이다. 홀로 하는 몰이사냥은 위험 부담이 크지만 신성은 자신의 힘을 믿고 있었다.

조합법은 이미 알고 있었지만 드래곤의 조합서를 참고해 볼 필요성을 느꼈다.

팔찌를 조작해 드래곤의 조합서라고 떠 있는 항목을 눌렀다. 그러자 마치 검색 페이지처럼 검색창이 떠올랐다.

카테고리 별로 나눠져 있어 쉽게 찾아볼 수 있었는데 관련 항목 검색 기능까지 더해져 있어 상당히 편리했다. 누가 만든 것인지 참으로 의문이 생기는 조합서였다.

아무튼 신성은 그곳에 마력 유인제를 쳐보았다. 그와 비슷한 조합 아이템들이 빠르게 검색되었다.

*[E+] 강력한 드래곤의 페르몬 발산제(레어)

*[E] 엘프 공략 유혹의 바람둥이 향수

*[E-] 왠지 끌리는 그대의 은은한 향기

*[E-] 빛나는 캣닢 향수

신성은 항목들을 보며 잠시 흠칫했다. 그동안 가지고 있던 드래곤의 이미지가 단번에 날아가 버리는 항목이었기 때문이다. 도대체 드래곤은 무슨 생각을 하면서 살았는지 궁금해지기까지 했다.

신성은 작게 한숨을 내쉬고는 스크롤을 내려 간신히 원하는 것을 찾았다.

*[F+] 강력한 라플 향 마력 유인제×5

조합법 : 라플 가루 100g+하급 마정석 1개+드래곤의 마력

드래곤의 마력이라는 것이 붙어 있기는 했지만 기존의 조합법과 유사했다.

라플 향 마력 유인제 앞에 '강력한'이 붙어 있는 것이 꽤나 신성의 주목을 끌었다. 어쨌든 강력하면 좋은 것이니 신성은 별생각 하지 않고 넘어갔다.

"제가 도와드릴게요!"

신성이 조합의 솥으로 다가가자 세라가 적극적으로 거들며 말했다. 신성이 작게 감사를 표하자 그녀의 꼬리가 다시 세차게 흔들렸다.

신성은 신중하게 재료를 분배하여 조합의 솥에 넣었다. 그리고 마력을 흘리며 조합의 솥을 가동시켰다.

드래곤의 눈에 마법 술식이 모두 보였다. 조합의 솥은 좋은 아이템은 아니었기에 군데군데 효율이 떨어지는 마법식이 보였다.

신성이 그것을 손보자 조합의 솥에서 밝은 빛이 터져 나오며 공중에 떠오르기 시작했다.

세라가 화들짝 놀라며 멍하니 조합의 솥을 바라보았다. 마지막으로 드래곤 하트에서 뿜어져 나오는 마력을 집어넣자 조합의 솥이 금빛으로 물들었다.

콰아아아아!

빛이 뿜어져 나오며 조합의 솥이 다시 천천히 바닥으로 떨어졌다. 자동으로 뚜껑이 열리며 조합된 아이템이 모습을 드러냈다.

[한 랭크 높은 아이템이 조합되었습니다.]

[드래곤의 연금술 항목의 스킬 포인트가 5P 상승합니다.]

조합 성공 : [E-] 매우 강력한 라플 향 마력 유인제×5

은은한 라플 향이 공방에 감돌았다. 마치 탄산음료를 코로 마시는 듯한 향이다. 만족스러운 미소를 짓는 신성과는 다르게 세라의 동공은 마구 흔들리고 있었다.

"시, 시, 신성 님, 이, 이, 이건 뭔가요? 보통의 라플 향 마력 유인제가 아니에요! 이, 이건 거의 혁신 수준이라구요!"

"운이 좋은 것 같네요."

"운이요? 운이요? 네? 운이요?"

신성의 태연한 말에 세라의 눈에는 아예 지진이 발생해 버렸다. 혼란에 빠진 듯 입까지 벌리며 멍한 표정이 되었다.

신성은 그런 세라를 뒤로하고 묵묵히 아이템을 조합했다. 소유하고 있는 공방이 없으니 만들 수 있을 때 만들어놓아야 했다.

가지고 있는 라플 가루와 하급 마정석을 모두 마력 유인제로 만들어 30개를 확보했다. 한 랭크 높은 것까지 합하면 모두 35개이다.

덕분에 스킬 포인트도 30P 넘게 올릴 수 있었는데 [E]랭크 치고는 스킬 포인트가 상당히 빨리 모이는 편이다. 모두 용의 재능이 있기에 가능한 일이었다.

'대, 대단해!'

신성이 작업하는 모습을 멍한 표정으로 바라보던 세라는

이제 완전히 넋을 잃어버렸다. 상식을 초월하는 신성의 모습은 신비의 학문인 연금술을 배운 그녀라도 받아들일 수 없는 일이었다.

조합의 솥이 평소와는 다르게 빠릿빠릿하게 돌아가고 있었고, 쏟아내는 물품은 일반적인 상식을 뛰어넘는 품질을 자랑하고 있었다.

세라는 반쯤 체념하여 생각하기를 거의 포기한 상태였다.

신성이 조합에 성공할수록 그녀의 랭크 경험치가 올랐고 레벨 역시 오르고 있었다.

세라는 이게 꿈이 아닐까 하고 현실을 의심하기 시작했다. 그러나 아무리 생각해도 이곳은 현실이었다.

작업을 마친 신성이 인벤토리에 완성품을 넣고 손을 털었다.

"가르침 감사합니다, 세라 님."

"아……."

"저는 이만 가보겠습니다. 다음에 또 들러도 될까요?"

"무, 물론이죠!"

신성의 말에 화들짝 정신을 차린 세라가 격렬하게 고개를 끄덕였다.

"재료 아이템을 모으게 되면 들르겠습니다. 잘 부탁드립니다."

"네, 부디……."

신성이 손을 뻗자 세라는 허둥거리며 두 손으로 신성의 손을 잡았다. 그런 세라의 모습에 살짝 웃음을 머금은 신성은 고개를 숙여 인사하고 상점 밖으로 나왔다. 세라는 신성이 나갈 때까지 꿈을 꾼 것 같은 표정이었다.

세라가 한동안 그렇게 멍하니 있었다는 것을 신성은 알지 못했다.

신성은 상점을 돌아다니며 구할 수 있는 것을 구하기 위해 노력했다. 필요한 여러 스킬북을 구입해 바로 익혔다.

감정 스킬 역시 배웠는데 배우자마자 드래곤의 눈과 합쳐지게 되었다. 이제 더욱 정밀한 감정이 가능할 것이다. 마력 도축을 포함한 채집계 스킬을 배우는 것도 잊지 않은 신성이다.

채집계 스킬 중에서도 각각 상성이 있기에 동시에 익히면 안 되는 스킬이 있었다.

예를 들어 마력 도축을 익혔을 경우 채집계 스킬을 익히게 되면 스킬 포인트가 몇 배나 더 소비되기 때문이다. 그러나 신성에게는 그런 것 따위는 아무런 상관이 없었다.

용의 재능이 그러한 패널티를 무시하게 만들어주기 때문이다.

'준비는 얼추 되었군. 포션이 없는 것이 제일 아쉽지만… 어떻게든 되겠지.'

꽤나 긴 시간을 허비했지만 장시간 사냥을 위한 캠핑 장비라든지 캠프파이어 키트 같은 것들도 구할 수 없었다.

에르소나가 미리 선점하여 싹 쓸어간 것이 분명했다. 그만한 자금력이 있는 자는 에르소나와 그의 동료들밖에 없었다. 서울을 지킨다는 명분이 있으니 누구도 제지할 수 없었을 것이다.

포션 대체용으로 치료 마법의 정수인 신성 마법을 배우고 싶었지만 신성 마법을 배우기 위해서는 루나교 교단이나 다른 신의 교단에 입단해야 했다.

직업을 아예 사제 쪽으로 정해야만 가능한 일이었다. 게다가 신의 밑으로 들어가 신성력을 부여 받아야만 신성 마법을 쓸 수 있었다.

신성은 그럴 생각이 전혀 없었다.

아무튼 여러모로 안 좋은 상황이었지만 신성은 자신의 힘으로 극복 가능할 거라 생각했다.

'시간이 꽤 걸렸네.'

신성은 세이프리 북쪽에 있는 상점가를 빠져나왔다. 이미 노을이 지고 있었다. 천공의 도시 세이프리가 등장한 이후 맑게 변한 하늘은 무척이나 아름다웠다.

밤이 되면 은하수가 보일 것이 분명했다. 신성은 잠시 노을을 보며 걷다가 루나의 탑 앞에 멈춰 섰다. 아름다운 빛을 뿌리는 루나의 탑은 마음을 절로 평온하게 만들어주었다.

'일단 집으로 가야겠어.'

집으로 돌아가 서울 지도와 기억 속에 남아 있는 세이프리 주변 지도를 비교한다면 비활성 마석의 위치를 알아낼 수 있을 것이다.

지금 당장은 할 수 있는 일이 없으니 때가 올 때까지 휴식을 취하면 될 것이다.

신성이 집으로 가는 포탈을 열려고 할 때였다.

앞에서부터 공간의 일그러짐이 보였다.

신성이 지닌 드래곤의 눈에 매우 정교하고 복잡한 술식으로 보였다. 그것은 마력과는 다른 종류의 에너지로 만들어진 술식이었다.

'신성력.'

바로 신성력이었다. 전율이 일 정도로 엄청난 신성력이다. 신성은 날카롭게 눈을 뜨며 일렁이는 공간을 바라보았다. 눈이 멀어버릴 것 같은 밝은 빛이 뿜어져 나오더니 아름다운 문의 형상으로 바뀌었다.

끼익!

아름다운 천사가 조각되어 있는 문이 열리며 빛에 휩싸여 있는 여인이 모습을 드러냈다. 신성도 잘 아는 여인이었다.

"여신 루나……."

미의 극치라고 봐도 무방한 아름다움을 지닌 여신 루나였다. 평소에는 청순한 느낌을 풍겼지만 얼굴에 아이처럼 짓고 있는 미소 때문인지 귀여운 느낌이 강했다.

그녀는 빛의 문에서 빠져나와 신성의 앞에 섰다. 신성과 루나는 잠시 서로를 바라보았다.

"……."

"……."

신성의 금안을 바라보던 루나가 움찔하며 입을 떼었다.

"아, 안녕하세요?"

"안녕하십니까, 루나 님?"

신성이 그녀에게 인사하자 또다시 정적이 내려앉았다.

자신에게 용무가 있는지 눈치를 보며 손가락을 꼼지락거리는 모습은 여신의 권위에 어울리지 않았다. 그래도 할 때는 하는 여신이라는 설정이니 큰 단점은 아닐 것이다.

어쨌든 자신에게 축복을 내려주고 있는 여신이었기에 무시할 수는 없었다.

"산책을 나오신 것은 아닌 것 같군요."

"아… 네. 마, 맞아요."

"저에게 무슨 용무라도 있으십니까?"

신성의 부드러운 말투에 루나는 눈을 깜빡이다가 가슴에 손을 얹고 깊이 숨을 들이마셨다가 내쉬었다. 그러고는 결심

했는지 신성의 눈을 똑바로 마주 보았다.

"신성 님, 부디 저를 도와주세요."

"예? 무슨 도움을 말입니까?"

"세이프리를 이끌어가는 데 도움이 필요해요."

루나의 간절함이 담긴 말에 신성은 눈을 깜빡였다. 그녀의 말이 이해가 되지 않아서였다. 도움이라면 에르소나나 그녀의 신관인 김갑진에게 구하면 될 터였다. 굳이 자신을 찾아와 이런 부탁을 하는 이유가 궁금했다.

"그런 거라면 에르소나 님에게……."

"신성 님만 가능해요."

"어째서입니까?"

"용족, 신성 님께서는 아르케디아 대륙에서 사라져 머나먼 미래로 향한 용족이시지요. 저도 신성 님을 처음 뵈었을 때는 제 눈을 의심했어요. 다른 세계로 온 마당에 더 놀랄 것도 없겠지만요."

신성은 그녀가 자신의 정체를 완전히 간파한 것이 이상하게 느껴지지는 않았다. 에르소나는 자신이 어떤 종족인지 모르고 있었지만 루나는 달랐다.

그녀는 아르케디아의 대표적인 여신이었다.

"신성 님께서는 신혈이 흐르는 용족이시니 세이프리의 대리자로 승격이 가능해요. 아마 모험가 분들 중에서 오직 신성 님만이 가능할 거예요."

루나는 신성과 두 눈을 맞추었다. 루나의 신비스러운 푸른 눈은 티 없이 맑았다. 아이와 같은 천진난만함, 순수함, 그리고 사랑으로 이루어진 따뜻함이 담겨 있었다.

루나는 신성이 특별하다는 것을 알고 있었다. 루나와 나란히 설 수 있는 자격이 있으면서 미래를 알고 있는 모험가는 오직 신성뿐이었다.

"신성 님은 용족이지만 따뜻하고 선한 마음을 지니셨어요. 신과 동등한 지위에 오를 수 있는, 아니, 그것을 넘어설 수 있는 가능성을 지니고 계세요."

"선한 마음이라……. 용족은 보통 어떻습니까?"

신성이 날카롭게 눈을 뜨며 루나를 바라보았다. 루나는 살짝 움찔하며 신성의 시선을 피했다.

"그… 화, 화내지 마세요. 저는 거짓말을 할 수 없어서……."

"네, 말씀해 주시지요."

"엄청 흉포하고… 탐욕스럽고… 색을 밝히는… 그래서 머나먼 과거에 천용대전이 일어났지요."

"그렇습니까?"

신성은 최종 보스인 용신을 만났을 때를 떠올려 보았다. 설정 상에서도 사악함의 극치로 묘사되어 있었다. 드래곤의 신이니 드래곤도 영향을 받았을 것이 분명했다.

"1차 웨이브 때 저를 그리로 보낸 것은 루나 님의 의도였군요."

"신성 님의 마음에서 빛을 보았어요. 용족 같지 않은 환한 빛이었어요. 비록 어둠에 가려져 있지만 결코 사라지지 않을 힘을 지니고 있어요."

"저를 시험한 것입니까?"

"그런 의도가 아니었어요. 그럴 상황도 아니었고요. 하지만… 동의 없이 멋대로 행동해서 정말 죄송해요."

루나는 여신답지 않게 신성에게 고개를 숙이며 사과했다.

루나가 아무리 신이라 해도 신성과 다른 아르케디아인의 동의를 구하지 않고 일을 벌인 것에 대해서 화를 내야 마땅했다. 그러나 그런 그녀의 행동 덕분에 100명이 넘는 사람이 목숨을 건졌다. 그리고 지하철 터널을 막아 에르소나의 의도대로 되지 않게 할 수 있었다.

"신성 님이라면 외면하지 않으실 줄 알았어요. 에르소나 님, 아인트 님, 그리고 김갑진 님은 분명 지혜롭지만 신성 님처럼 순수하게 빛나지는 않아요. 저를 원망하셔도 저는 할 말이 없어요."

에르소나나 그의 측근들이 신성과 같은 상황이었다면 어떻게 행동했을까?

아마 고블린을 없애 버리고 바로 마석으로 향했을 것이다. 신성과 같이 온 아르케디아인들의 심성이 모두 올곧던 것이 이해가 되었다.

"저는 세이프리에서 벗어날 수 없어요. 고통 받고 있는 사람들을 구할 수 없어요. 신으로서… 실격이에요. 아르케디아의 모험가이신 여러분을 지키면서 고통 받는 지구인들을 구하고 싶은 건… 제가 이기적인 신이기 때문이겠지요."

루나는 침울한 표정이 되었다. 세이프리를 혼자 감당해야 하는 루나의 짐은 무거울 것이다.

신성은 잠시 고민하다가 결정했다. 루나 같은 착한 신은 에르소나에게 이용만 당할 것이 뻔했다. 그것을 스스로 알기 때문에 루나는 신성에게 온 것이다.

그녀는 자애와 자비, 그리고 희망을 상징하는 여신이지 전략이나 전술에 능한 여신이 아니었다.

"공짜로 도와드릴 수는 없습니다."

"대리자로 임명되시면 각종 혜택을 받으실 수 있을 거예요. 그 외에 제 선에서 할 수 있는 보상이라면 뭐든지 들어드릴게요."

"뭐든지요?"

"네!"

"거짓말 못하시죠?"

"당연하죠!

그녀가 신성의 손을 잡으며 활짝 웃었다.

어린아이처럼 티 없는 웃음이 보기 좋았다. 순수하게 웃을 수 있다는 것은 대단한 매력이다. 그렇기 때문에 아르케디아 인들이 루나를 유독 좋아하는지도 몰랐다.

"그래서 무엇을 도와드리면 됩니까?"

"제가 관장하는 천공의 도시가 지구로 오면서 신기한 변화가 있었어요. 아르케디아의 모험가님들이 몬스터를 잡을 때마다 몬스터의 혼이 천공의 도시로 오고 있어요."

"몬스터의 혼이 말입니까?"

"네. 저도 처음 겪는 현상이에요. 몬스터의 혼이 경험치가 되어 세이프리를 성장시키고 있어요. 그래서 이런 창이 나타났는데……."

루나가 손을 휘젓자 신성의 앞에 창 하나가 떠올랐다.

[F] 천공의 도시 세이프리(2,300/10,000 Soul)

주인 : 여신 루나

주거 시민 : 7만 명

세금 : 7%

보유 마력 코인 : 1,320KC

보유 경험치 : 42,330,00EXP

도시 운영 포인트 : 1,000P

도시의 전반적인 내용이 담겨 있는 창이었다.

보유 마력 코인과 보유 경험치를 통해 퀘스트를 내릴 수 있었고 상점이나 여러 가지 시설을 확충할 수 있었다. 그리고 도시 운영 포인트를 통해 여러 가지 운영이 가능했다.

신성의 눈에 띄는 몇 가지가 있다.

[현재 활성화 가능 목록]
*부활석 설치(100P)(설치 불가)
*세력권 내 몬스터 약화 1단계(100P)
*운영 건물 설치(각 100P)
*[E+] 지역 방어 영웅 소환(200P)
*[F] 치료의 오라(300P)
*소득 확대 1단계(500P)
*영역 확장 1단계(900P)

그 외에도 다양한 항목이 있었다. 하지만 대부분 잠겨 있어 투자할 수 없었다. 도시의 랭크가 올라가게 되면 투자 가능할 것으로 보였다.

이것은 아르케디아 온라인에서 나온 성주 전용 모드였다.

그것이 세이프리까지 적용된 것은 신성도 예상하지 못한 일이었다.

어쩌면 초보 도시라는 한계를 깨고 다른 도시들처럼 성장할 수 있을지도 몰랐다.

분명 아르케디아인들에게 늘 고향 같은 곳이 되어줄 것이다.

"도시 운영을 도와주셨으면 해요. 괜찮을까요?"

"운영 포인트 같은 경우에는 제가 멋대로 투자해도 됩니까?"

"최종 결정은 제가 하겠지만 저는 신성 님이 아르케디아인과 지구인 모두를 위한 방향으로 선택해 주실 것을 믿고 있어요."

루나는 주먹을 불끈 쥐며 신성을 바라보았다. 신성의 눈에는 루나가 그야말로 호구로 보였다. 이용해 먹자면 얼마든지 이용해 먹을 수 있을 것 같았다.

그러나 자신의 부족함을 채우기 위해 여신으로서의 자존심을 버리고 고개를 숙이면서까지 부탁하는 루나를 보니 그런 생각은 들지 않았다. 물론 적당히 대가는 취할 생각이다.

아주 적당한 대가 말이다.

"알겠습니다."

"정말 감사해요!"

루나의 눈시울이 붉어졌다. 살짝 흐른 눈물은 땅에 닿기도

전에 빛나는 보석이 되었다. 루나는 땅에 떨어진 자신의 눈물을 보더니 품에서 유리병을 꺼내 그 안에 넣었다.

신성이 바라보자 움찔하며 웃어 보였다.

"그, 그게… 재정이 부족해서……."

"…그렇군요."

여신의 눈물은 희귀한 재료이니 추후에 재정 확보에 큰 도움이 될 것이다.

"대리자로 임명하기 위해 탑 안으로 들어가야 해요. 용족이신 신성 님이라면 안으로 들어갈 수 있을 거예요."

루나가 손을 뻗자 신성이 그녀의 손을 잡았다. 루나가 살포시 웃더니 두 눈을 감았다. 빛이 휘몰아치며 신성과 루나를 동시에 삼켰다.

순식간에 신성은 루나의 탑 안으로 이동되었다. 루나의 탑 꼭대기에서 내려다보는 세이프리의 전경은 너무나 아름다웠다. 그것이 끝이 아니었다. 세이프리 밑으로 서울의 모습이 보이고 있었다. 이것이 여신 루나가 매일 바라보고 있는 풍경이었다.

"아름답지요?"

"그렇군요."

"아르케디아만큼이나 지구도 아름다워요."

"자세히 들여다보면… 그렇지 않은 곳도 많습니다. 위에서 내려다보는 것과는 다르지요."

루나의 말에 신성이 대답했다.

신성의 눈에 저 멀리서 마석이 내뿜는 어둠이 보였다. 신성은 고개를 돌려 루나를 바라보았다.

"그럼 임명해 드릴게요. 신성력이 흘러들어 갈 거예요. 거부하지 마세요."

"네."

루나는 눈을 감고 신성의 가슴에 손을 대었다. 드래곤 하트의 고동이 루나의 손을 타고 흘러들어 갔다.

루나는 간만에 여신다운 모습을 보여주고 있었다. 마치 날개처럼 뿜어져 나가는 막대한 신성력은 대단히 아름다웠다. 마력을 근간으로 삼는 드래곤과는 완전히 다른 힘이었다.

루나의 주변에서 하늘거리던 신성력이 신성의 가슴으로 빨려들어 가기 시작했다.

두근두근!

신성의 눈이 크게 떠졌다. 가슴을 시작으로 목에 이르기까지 검은 기류를 품은 비늘이 돋아나기 시작했다. 그러나 그것은 루나의 신성력에 의해 점차 진정되며 회색빛으로 바뀌었다.

신성은 드래곤 하트의 마력에 무언가 섞여들어 갔음을 깨달았다. 그것은 신성에게 시원한 쾌감을 선사해 주었다. 마치 인식 범위가 새로운 영역으로 확장된 것 같은 기분이다.

[여신 루나와의 계약이 완료되었습니다.]
[드래곤의 눈이 발동하여 여신 루나의 정보창이 생성됩니다.]

?Lv.(여신)
이름 : 루나
상징 : 자애와 자비, 그리고 희망(+사랑)
성향 : 절대선(Max)
호감도 : ?
속마음 한마디 : ?
*레벨, 랭크가 부족하여 정보를 확인할 수 없습니다.

정보창은 세라의 경우도 있었기에 신기하게 느껴지지는 않았다.

여신이다 보니 아무리 드래곤의 눈이라고 해도 제공되는 정보는 한정적이었다.

신성은 연이어 떠오른 다른 정보창 역시 확인하기 시작했다.

[드래고니안의 특성으로 신성력을 받아들였습니다.]

[여신 루나와 계약하여 새로운 스킬이 업데이트되었습니다.]

[계약] [A] 천룡의 가능성(MAX)(패시브)

최초로 신성력을 받아들인 용족.

인간적인 부분이 남아 있는 드래고니안의 특성 때문에 가능한 결과이다.

여신 루나와 드래곤 하트를 통해 연결되어 있어 그녀의 신성력을 빌릴 수 있다. 언제든지 계약을 해지할 수 있다.

*드래곤 하트의 1/10만큼 신성력 백업

*신성 마법 습득 가능

그것은 분명 드래곤으로서는 불가능한 일이었다. 드래곤은 그 자체로도 완벽한 영혼을 지녔기에 신성력을 받아들일 수 없었다. 그러나 드래고니안으로서 인간의 부분이 남아 있는 신성은 가능했다. 신성 역시 예상하지 못한 결과이다. 루나는 이미 알고 있었다는 듯 뿌듯한 표정으로 신성을 바라보았다.

[세이프리의 대리자가 되었습니다.]

[칭호 획득!]

[A] 세이프리의 대리자

세이프리 운영을 위임받은 직책.

전반적인 도시 운영에 대한 권한이 있다. 드래고니안의 힘과 연동되어 새로운 힘을 개화하였다. 세이프리 대리자의 권한을 이용해 세이프리 내에 드래곤 레어를 구축할 수 있다.

세이프리의 보조를 받아 드래곤 레어 역시 성장이 가능하다.

그 밖에 세이프리의 대리자가 된 만큼 각종 혜택이 있다.

*천공의 도시 세이프리와 드래곤 레어 연동

*세금 면제

*세이프리 주민들과의 친밀도 상승

*월급

*세이프리 대여품 무료 대여

*도시가 성장할 때마다 추가 혜택 보너스

신성은 모험가 팔찌를 조작해 보았다. 세이프리의 대리자라는 메뉴를 누르니 세이프리에 대한 정보 외에 다른 항목이 떠올랐다.

'드래곤 레어라……'

바로 드래곤 레어였다.

[새로운 정보가 업데이트되었습니다.]

[F-] 드래곤의 초라한 벽돌집

벽돌집의 형태를 갖추고 있는 드래곤 레어이다.

여러 가지 공방을 설치할 수 있다.

머나먼 미래로 향한 드래곤들이 후대를 위해 남긴 유산 중 하나이다. 탐욕스러운 드래곤들은 이조차도 마력 코인을 주고 구매하게 만들었다. 지불하는 돈은 그들의 비밀스러운 장소에 쌓이게 될 것이다. 가격을 지불하면 소환되는 형태이다.

*해츨링의 보모(0/1) : 레어 운영에 전반적인 도움을 주는 보모를 소환할 수 있다.

*드래곤 나이트(0/2) : 레어를 지키는 드래곤 나이트를 임명할 수 있다. 모험가, 아르케디아의 주민뿐만 아니라 지성이 있는 몬스터 역시 가능하다. 드래곤 나이트로 임명된 자들은 주인의 능력에 따라 추가적인 스킬과 버프를 받는다.

*일꾼(0/5) : 레어에서 일하는 일꾼. 농부, 잡일꾼, 기술자 등 다양한 직종의 일꾼을 고용할 수 있다. 모험가, 아르케디아의 주민뿐만 아니라 지성이 있는 몬스터 역시 가능하다. 일꾼으로 임명된 자들은 레어의 등급에 따라 추가적인 버프를 받는다.

가격 : 8KC

*본인 소유의 부지 필요

신성은 한동안 창을 뚫어져라 바라보았다. 한순간 너무 많은 것이 떠올랐기에 조금은 혼란스러웠다. 종족이 드래고니안이라는 것이 상당 부분에 영향을 미치고 있었다.

신성의 그런 모습을 루나가 걱정스러운 눈길로 바라보았다.

"저기… 신성 님, 신성력이 거슬리신다면 다시 계약을 하면 돼요. 계약상 필요한 부분이기는 하지만 재계약을 통해서 없앨 수 있으니까요."

"아닙니다. 도움이 될 것 같군요."

"그렇죠? 그렇죠?"

드래곤들조차 가지지 못한 것이 바로 신성력이었다. 없앨 수도 있었지만 신성은 그렇게 하지 않았다.

신성력이 아주 많은 도움이 될 것이라 확신했다. 신성 마법을 다룰 수 있다면 그야말로 일인군단이 가능하기 때문이다.

신성은 환하게 웃고 있는 루나를 바라보았다. 신성의 황금빛 눈동자를 바라본 루나는 불안감에 몸을 흠칫 떨었다.

"대가를 받을 차례군요."

"네, 네! 어, 어떤 걸 원하시나요? 저, 저는 드릴 게 딱히……."

왜인지 양팔로 몸을 감싸며 뒤로 물러나는 루나이다.

"세이프리의 좋은 땅을 얻을 수 있습니까? 관리비 역시 세이프리에서 지불하는 것으로 하지요."

"아, 넓은 곳을 드릴 수는 없지만 제 권한으로 양도가 가능한 곳이 있어요. 중심가와는 조금 동떨어진 곳인데 괜찮으세요?"

"네, 좋습니다. 음, 그리고 신성 마법을 배우고 싶습니다."

"제가 가르쳐 드릴게요. 지금 당장은 무리지만요. 빨리 시간을 내보도록 할게요."

루나는 신성의 요구 조건을 순순히 받아들이고 있었다.

"그리고 재정적인 이익을 남기면 가능한 선에서 제 몫으로 일정 부분을 떼어가겠습니다. 매달 보고를 드리지요. 그리고 제가 대리인이라는 사실은 비밀로 해주십시오. 모든 것은 루나 님이 하신 걸로 되는 겁니다."

"으… 음……."

"싫으시면 계약을 해지……."

"아, 알겠어요. 대신 정도를 지켜주세요."

"네, 어차피 최종 결재는 루나 님이 할 것이지 않습니까? 아, 그리고 마지막입니다만……."

잠시 시선을 돌린 신성이 루나를 바라보았다.

루나는 침을 꿀꺽 삼키며 고개를 끄덕였다. 마지막으로 요구하는 것은 분명 가장 클 것이라 생각했기 때문이다.

신성은 선한 마음을 지니고 있기는 하나 명색이 용족이다. 남성 용족이 원하는 것은 보물, 그리고…….

남은 것은 단 하나밖에 없었다.

루나의 눈에 신성의 눈동자가 무척이나 그윽하게 느껴졌다.

"혹시 상점에서 파는 기본 물품들이 있습니까?"

"네? 아……."

루나는 눈을 깜빡거리며 신성을 바라보았다.

"힐링 포션이나 스태미나 포션, 캠핑 키트 같은 것이 있으면 참 좋겠습니다만……."

"…있어요. 창고에 구비해 놓은 게 있을 거예요."

"다행이군요. 좀 쓰겠습니다."

"네."

신성은 왜인지 힘이 빠진 것처럼 보이는 루나의 대답에 고개를 갸웃했다.

루나, 그녀는 한때 사랑의 신이라 불리기도 했지만 아득한 고대로부터 지금까지 솔로였다.

아르케디아 대륙에서 모태솔로라는 단어의 기원이 루나에게서 출발했다는 말까지 존재했다.

CHAPTER 3

전설의 시작

신성은 갑작스럽게 이루어진 일에 나름 만족했다. 도시의 운영은 귀찮은 일이기는 하지만 이득이 되는 부분이 많았다. 드래곤 레어 같은 경우에는 세이프리와 연동되어 성장한다고 하니 더더욱 기대가 되었다.

사아아아아!

신성의 눈에 저 멀리서 빛의 기둥이 치솟는 것이 보였다. 바로 마석에서 일어난 일이다. 루나가 신성력을 일으키며 손을 뻗자 앞에 거대한 창이 떠오르며 마석을 비추었다. 에르소나가 주먹을 번쩍 들고 있고 그 주위에서 아르케디아인들이 환호를 내지르고 있었다. 모두 감격에 겨워했다.

그들이 승리한 것이다.

"2차 웨이브가 끝났군요. 보스전이 남아 있기는 하지만 곧 끝날 것 같네요. 단일 보스전이기 때문에 2차 웨이브보다는 쉬울 테니까요."

신성이 나지막하게 말했다.

이제 저 마석에 어둠이 다시 차오르기 전까지 마석에서 몬스터가 튀어나오는 일은 없을 것이다. 남은 것은 마석 안으로 들어가 마석의 수호자를 없애고 부활석을 설치하는 일뿐이다.

루나는 가슴에 손을 올리며 안도했다. 그녀가 미소를 지으며 입을 떼었다.

"겨우 끝이 났네요."

"아니요. 이제 시작입니다."

신성이 말했다. 이제 간신히 첫발을 내디뎠을 뿐이다.

*   *   *

신성은 루나의 허가를 받아 루나교의 신전 안에 있는 창고로 향했다. 루나의 탑은 세이프리 전역으로 이동할 수 있는 텔레포트 마법진이 설치되어 있어 상당히 편리했다.

루나는 왜인지 신성을 따라오고 싶어하는 눈치였지만 그녀는 해야 할 일이 있었다. 마력장이 사라져 마력 통신이 복구된 만큼 그녀 역시 바빠진 것이다.

도시의 운영에 신성이 참여하였지만 신성이 제시한 것에서 출발하는 모든 업무는 루나가 해야 할 일이었다. 신성이 정보 창에 향후 지침에 대해 여러 가지를 입력해서 올리면 그것이 결재해야 하는 서류로 순식간에 불어나 루나가 검토해야만 했다.

신성은 간단히 조작할 뿐이지만 루나는 그것을 실현하기 위해서 바삐 업무를 봐야 했다. 게다가 여러 가지 복잡한 안건을 제시하면 더더욱 서류 양이 많아졌다.

그래도 신성이 없었다면 그녀는 쉬는 시간조차 없이 일해야 했을 것이다. 자애와 자비, 그리고 희망을 상징하는 여신이 서류에 파묻혀 과로사할 수도 있는 문제였다.

'여신도 힘들겠군. 좋은 직업은 아냐. 루나니까 하는 거겠지만.'

계약을 한 이후 신성은 루나가 조금은 친근하게 느껴졌다. 신처럼 느껴지지 않고 동등한 계약자로 보였다. 루나 역시 그렇게 봐주기를 원하고 있는 것 같았다.

신성은 일단 운영 포인트를 분배해서 루나에게 올렸다.

제일 먼저 신성은 '세력권 내 몬스터 약화 1단계'를 투자했다. 필드뿐만 아니라 세이프리 영향권 내의 마석들도 영향을 받기에 가장 먼저 투자한 것이다. 그리고 'F치료의 오라', '소득 확대 1단계'에 투자했다.

치유의 오라 역시 세이프리 세력권 내에 위치한 아르케디아인들에게 발동했는데 일반인에게까지 효과가 있었다. 일반인도 상처 치유나 질병 치유의 효과를 기대할 수 있는 것이다. 소득 확대를 한 이유는 앞으로 아르케디아인들에게 줄 퀘스트의 보상을 위함이었다. 아르케디아인들이 성장해야 서울을 지키고 더 나아가 지구를 지킬 수 있었다. 세금도 건드리고 싶었지만 거래가 활발해지고 물가가 안정될 때까지는 놔두는 것이 좋을 것 같았다.

그 밖에 전장 참여 유도를 위해 여러 가지 재료 공급 퀘스트 같은 것도 작성했는데 상점가와 아르케디아인들을 연결시켜 자연스럽게 의뢰를 유도했다. 마력 코인의 일정 부분을 지원해 주니 상점가의 주인들도 부담 없이 아르케디아인들에게 의뢰를 할 수 있을 것이다. 상점가에서 재료가 보충되어 공방들이 일을 하게 되면 물가도 안정되고 세금 확충도 가능할 것 같았기 때문이다.

신성이 올린 정보창을 바탕으로 루나는 지금 서류에 파묻혀 열심히 일하고 있었다.

[신성 님, 에, 에르소나 님이 온대요! 어떡하죠?]

신성의 모험가 팔찌에 메시지가 떠올랐다. 루나를 귀엽게 축소시켜 놓은 이미지가 떠오르며 그 옆에 메시지가 적혀 있는 형식이다. 3등신으로 보이는 루나의 이미지가 식은땀을 흘리며 허둥거리고 있다.

―글쎄요.

[에르소나 님은 빈틈이 없어서 무서워요. 게다가 자꾸만 저에게 여신다운 위엄을 주입해서 곤란해요.]

신성은 작게 한숨을 내쉬고 손을 움직여 메시지를 입력했다.

―적당히 거절하세요.

[그럴까요? 알겠어요! 해볼게요!]

신성이 창고의 문을 열 때였다.

[신성 님, 신성 님.]

[저기 뭐 하세요? 창고에 계세요?]

[신성 님, 지구에는 TV가 있다던데 어떻게 생긴 건가요?]

[신성 님?]

"……."

연이어 들려오는 메시지 도착 음에 신성은 팔찌를 바라보다가 조용히 메시지를 닫았다.

―신성 님께서는 바쁜 용무로 인해 수신 거부 상태입니다. 다음에 다시 메시지를 남겨주세요.

그런 메시지가 루나에게 갔을 것이다. 그것이 그녀가 업무에 집중할 수 있도록 해줄 것이다. 창고로 들어가자 잘 정리되어 있는 아이템이 보인다. 인벤토리에는 한계가 있으니 최대한 효율적으로 잘 담아야 했다.

[F-] 스태미나 포션
체력을 회복시켜 주는 포션이다. 쓴맛을 개량하여 포도 맛이 나는 것이 특징이다.
*[F-] 스태미나 회복

[F-] 힐링 포션
상처를 치료해 주는 포션이다. 내상에도 사용이 가능하나 효과가 떨어진다. 쓴맛을 개량하여 포도 맛이 난다.
*[F-] 상처 치유

[F-] 캠핑 키트
텐트와 야영 도구가 포함되어 있는 키트. 텐트의 표면에 신성력으로 코팅이 되어 있어 낮은 랭크의 몬스터들이 접근하지 않는다. 취사도구 이용 시 한 단계 높은 랭크의 요리를 만들수 있다.
포함 도구 : 마력의 요리 솥, 수리 키트, 마력 낚싯대, 텐트,

각종 취사도구

  *[F-] 몬스터 접근 방지

  [F-] 휴대용 조합기

  작은 상자 형태로 만들어진 휴대용 조합기. 휴대성에 중점을
두었기에 높은 랭크의 아이템을 조합하는 것은 불가능하다.

  *[F] 이하 랭크 조합 가능

  창고에도 포션이 별로 남아 있지 않았지만 힐링 포션과 체
력 포션을 열 개가량 챙길 수 있었다. 휴대용 조합기, 캠핑 키
트를 포함한 각종 음식 재료 역시 인벤토리에 넣었다. 루나의
권한으로 가져갈 수 있는 양을 모두 챙긴 신성은 고개를 끄덕
였다.

  '이만하면 되었어.'

  이런저런 일이 있었지만 모든 준비가 만족스럽게 끝났다.
마력 코인을 상당히 아끼면서 사냥을 위한 준비를 마칠 수
있었다. 운이 좋은 것인지, 아니면 귀찮은 일에 휘말린 것인
지 모르겠지만 말이다.

  신싱은 창고에서 나와 루나의 탑이 보이는 곳에 섰다. 루나
의 탑 앞 광장에 수많은 이들이 나타나기 시작했다. 그들은
마석을 막으러 간 아르케디아인들이었다.

"이겼다!"

"우리가 이겼다!"

"와아아아!"

그렇게 소리치며 환호하고 있었다. 그들의 중심에 서 있는 에르소나와 그의 측근들이 보인다. 그들의 주위로 세이프리에 있던 아르케디아인들이 몰려오기 시작했다.

마력 통신을 통해 승리 소식이 빠르게 퍼져 나갔는데 팔찌를 통해 녹화한 영상이 올라갈 것이 분명했다. 마력장 때문에 마력 통신만 되지 않았을 뿐 다른 기능은 정상이기 때문이다.

신성은 잠시 그들을 바라보다가 로브를 눌러썼다. 승리의 여운은 잠시뿐일 것이다. 그 이후에 남아 있는 일이 더 중요했다.

'이곳도 이제 바빠지겠군.'

신성은 집으로 가는 포탈을 열었다. 잠시 포탈을 바라보다가 피식 웃고는 안으로 들어섰다.

*　　　　*　　　　*

신성은 오랜만에 집에서 푹 쉬었다. 그동안 못 잔 잠을 몰아 잔 것이다. 드래고니안이 되어서 그런지 예전처럼 불면증에 시달리지는 않았다. 오히려 침대에 눕자마자 잠이 쏟아져 거의 동면 상태에 빠진 신성이다.

막 몬스터 웨이브가 끝난 시점이니 그리 서두를 필요는 없었다. 조금 시간을 두고 비활성 마석이 등장할 것이다.

에르소나는 비활성 마석이 존재한다는 것을 알고 있을 테지만 신성처럼 모든 것을 기억하고 있지는 못할 것이다. 게다가 그녀는 아르케디아인들의 대표로서 정치적인 자리에도 참여해야 했고 메인 스토리가 포함되어 있는 강남의 마석 공략에 모든 신경을 쏟아 부어야 한다.

반면 신성은 자유로웠다. 그저 자신이 하고 싶은 것을 하면 되었다.

"……."

신성은 좁은 원룸을 바라보았다. 혼자 살기에는 충분했지만 왠지 무척이나 좁게 느껴졌다. 무언가 자존심이 허락하지 않는 느낌이다. 침대도 딱딱하게 느껴졌고 다른 가구들 역시 허접해 보였다. 좀 더 번쩍번쩍하고 화려한 것이 있었으면 좋겠다는 생각이 들었다. 으리으리하고 넓으며 번쩍이고 우아한 그런 느낌이 좋을 것 같았다.

"참 나, 나도 드래곤 다 됐네."

신성은 피식 웃어넘기고는 원룸의 벽에 붙어 있는 서울 지도를 바라보았다. 프린트해서 벽에 붙인 것이다. 그 위에 기억을 바탕으로 마석의 위치를 모두 표기해 놓았다.

한강 위에 있는 것도 있고 남산 타워 옆, 그리고 빌딩 숲 가운데에 있는 것도 있었다. 대부분이 나타날 때가 아닌 것들이다.

신성은 사인펜으로 동그라미 쳐놓은 곳을 바라보았다. 그가 노리는 마석은 다행스럽게도 북악산 깊은 곳에 있었다. 정확한 위치를 가늠할 수 있으니 그가 선점할 수 있는 가능성이 대단히 높을 것이다.

'이제 슬슬 움직여야겠어.'

신성은 움직이기 전에 아르케디아인들의 동향을 파악하려 아르케 넷에 접속했다. 무수히 많은 게시 글이 올라와 있었는데 동영상과 사진도 많았다.

자유게시판 34324번

조회 수 : 333,234

작성자 : 이민도

제목 : 형들, 저 득템함.

ㅋㅋㅋ, 이번 웨이브 때 딜량 78등해서 레어 아이템 받음. 여기 인증함. 아놔, 내가 캐리했네. ㅇㅈ하는 부분? ㅇㅈ?

(사진 첨부)

RE : (멋놈) : 오, 스텟 개쩐다. 개부럽.

RE : RE(이민도) : 근력 민첩 스텟 지리구욕. ㅋㅋ, 좀 이따 강화할 거임. ㅋㅋ

RE : RE : RE(멋놈) : 스벌 놈, 깨져라.

RE : RE : RE : RE(이민도) : ㄴㄴ, 안전 강화만 할 거임.

RE : (이유리) : 득템 ㅊㅋ

자유게시판 34324번(신고된 게시물)

조회수 : 933,234

작성자 : 겐조

제목 : 에르소나 님 직촬 사진 공유합니다.

약간 노출 있음. 장당 200C. 쪽지 ㄱㄱ

RE : (아인트) : 님 신고요. 면담 ㄱㄱ

RE : RE : (겐조) : 헐. 님 사칭 아님?

RE : RE : RE : (호라스) : 망함. ㅋㅋ

여러 가지 골 때리는 게시물이 많았다. 아르케 넷 화면 상단에 세이프리 라이브 방송이라는 항목이 떠올랐다. 신성은 그것을 눌러 방송을 켜보았다.

여신 루나의 모습이 보이고 세이프리 전통 예복을 입고는 도열해 있는 아르케디아인들이 보였다. 에르소나와 그의 측근들이 고개를 숙인 채 묵념하고 있다. 그들의 앞에는 영혼석이 된 많은 아르케디아인이 놓여 있었다.

그들을 위한 장례식이 이루어지고 있었다.

신성은 그것을 바라보다가 자리에서 일어났다. 그 역시 영혼석을 가지고 있었다. 그의 영혼석을 맡았으니 그를 보내줄 의무는 신성에게 있었다.

신성은 그것을 결코 잊지 않았다.

'들렀다 가야겠군.'

신성은 로브를 입고 포탈을 열었다. 루나의 탑 앞으로 향하자 많은 아르케디아인의 모습이 보인다. 몬스터 웨이브에 참여한 아르케디아인들 외에도 세이프리나 자신의 집에 남아 있던 자들이 죽은 이들을 위해 찾아왔다.

그들의 감정이 보이는 듯했다.

동정, 슬픔, 그리고 몬스터를 향한 분노.

이 장례식은 죽은 아르케디아인들의 영혼을 위로해 줄 뿐만 아니라 아르케디아인들의 마음을 하나로 묶어주고 있었다. 여러 의도를 담아 이렇게 성대하게 치러지고 있었지만 신성은 죽은 이들에게 그럴 만한 자격이 있다고 생각했다.

"…그들은 누구보다도 밝게 빛나는 영웅이었습니다. 우리는 그들을 잊지 않을 것입니다. 그들의 죽음을 결코 헛되이 만들지 않을 것입니다. 우리는……."

에르소나가 대표로 제법 긴 추모사를 낭독하고 물러났다.

위이이이!

루나가 손을 들자 바닥에 놓여 있던 영혼석에서 빛이 뿜어져 나왔다. 신성은 인벤토리에서 영혼석을 꺼내었다. 신성의 손에 들린 영혼석 역시 아름다운 빛을 발하고 있었다.

루나의 손짓에 따라 빛이 하늘로 천천히 올라갔다. 빛이 올라갈수록 영혼석의 크기가 작아지더니 모래처럼 흩어졌다.

신성은 하늘로 올라가는 수많은 빛줄기를 바라보았다. 그 빛줄기는 지구에 찾아온 또 하나의 달에서 가장 편안한 잠에 빠져들 것이다.

휘이이!

신성의 손에 있던 영혼석이 가루가 되어 바람에 날렸다. 왜인지 영혼석이 자신에게 고맙다고 말해주는 것 같았다. 드래곤의 눈에 보이는 저 찬란한 빛은 모두 기쁨에 감싸여 있었다.

"편히 쉬기를."

신성은 하늘을 보며 작게 말하고는 등을 돌렸다.

그들은 이제 뒷일은 걱정하지 않아도 되었다. 오히려 몬스터들이 스스로를 걱정해야 할 것이다. 신성이 본격적으로 움직일 것이니 말이다.

예전과 달랐다. 과거 열정과 끈기로 도전하던 그 시절과 달랐다. 지금은 열정과 끈기뿐만이 아니라 그것을 넘어서는 능력까지 있었다.

신성의 미소가 그려지는 순간 그의 신형이 세이프리에서 모습을 감추었다.

* * *

세이프리의 장례식이 끝나고 에르소나와 그의 측근들이 본격적인 행보를 시작하는 동안 신성은 서울에 내려와 있었다. 서울의 곳곳은 갑작스럽게 들이닥친 재앙으로 인해 많이 혼란스러웠지만 추모하는 분위기가 형성되어 있었다.

강남을 중심으로 펼쳐진 바리케이드에는 실종자들의 사진들이 붙어 있고 희생자들을 추모하는 꽃과 그들을 애도하는 글이 담긴 쪽지가 놓여 있었다. 몬스터 웨이브가 끝났다는 소식이 벌써 서울 전역에 퍼졌는지 많은 사람들이 밖으로 나와 추모 행렬에 합류하고 있었다. 도시의 기능은 반쯤은 마비되어 있었지만 서서히 회복될 것이다.

정치적인 행보는 에르소나가 다 알아서 할 것이니 신성은 자신이 강해지는 길을 찾아 빠르게 돌파하면 되었다.

"아르케디아인이다!"

"오, 진짜 엘프야!"

"말 걸어볼까?"

"야, 하, 하지 마!"

신성과 조금 떨어진 곳에서 아르케디아인들의 모습이 보인다. 그것을 지켜보고 있던 시민들이 핸드폰을 들고 그들의 모습을 촬영하고 있었다. 아르케디아인들은 그것을 보고 기분이 나쁜지 눈썹을 찡그렸다.

아르케디아인 중 랑인족 여인 하나가 시민들을 향해 다가갔다. 시민들은 핸드폰을 내리며 주춤주춤 물러났다. 여인이기는 하나 랑인족의 특성 때문에 풍기는 분위기가 무척이나 날카로웠기 때문이다.

"찍으려면 제대로 찍읍시다. 왜 나는 안 찍고 저 초식쟁이만 찍는 거예요?"

"네?"

랑인족 여인은 시민의 핸드폰을 뺏더니 시민과 어깨동무를 하고 사진을 찍었다. 그러고는 등을 팡팡 쳐주고는 호탕하게 웃었다.

"죄송합니다."

엘프는 그 모습을 지켜보다가 시민들에게 사과하고 그녀를 질질 끌고 갔다. 사람들의 시선과 관심을 받는 것이 익숙해진 모습이다.

신성은 그런 광경을 바라보다가 아르케디아인들에게 시선을 고정했다. 그들은 신성이 내린 재료 퀘스트를 진행하고 있었다. 세이프리 대리인의 자격으로 드래곤의 눈동자에 그것이 보이고 있었다.

[재료 수집 퀘스트 중!]
[F-] 세이프리의 재료 고갈을 회복하라!
세이프리의 경제는 당신의 손에 달렸다. 재료를 모아 상점에 팔도록 하자.
(3인 파티)(진행률 54%)
지역 선점!
32분 동안 독점 채집 가능

아르케디아인들은 이리저리 돌아다니다가 도로를 뚫고 나온 풀이나 버섯을 채취하기 시작했다.

신성은 그것을 유심히 바라보았다. 신성이 예상한 대로 몬스터 웨이브가 끝나니 본격적으로 아르케디아 온라인 필드에 있던 것들이 서울에 나타나고 있었다.

'역시 필드화가 진행되고 있군. 비활성 마석 이외에 다른 것들도 나타나는 모양이야.'

엘프들은 정령을 이용하여 버섯이나 풀을 채집했고 랑인족이나 다른 종족들은 곡괭이를 들고 아스팔트를 뚫고 자라난 수정 같은 것들을 캐기 시작했다.

"오! 여기 엄청 많은데?"

"빨리빨리 움직이자! 아르케 넷에 제보되었으니 몰려올 거야."

"선점 효과 때문에 이 지역은 당분간 괜찮아! 다 내 덕분이라고!"

선점 효과는 그 지역을 먼저 찾아낸 플레이어에게 주어지는 특권이다. 한 시간에서부터 일주일이 넘는 기간까지 독점할 수 있었다. 보통 이런 재료 아이템 지역 같은 경우에는 한 시간이 넘지 않았지만 미확인 마석 같은 경우에는 하루에서 일주일이 넘어갔다. 그랬기에 아르케디아인들은 위험을 무릅쓰고 모험을 했다. 모험은 선점을 불러왔고, 그것은 이익을 상징했다.

또 필드에서 유용한 지역을 찾아냈을 때는 스텟이나 행운을 올려주는 칭호까지 부여 받을 수 있으니 아르케디아 온라인은 모험을 위한 게임이라고 봐도 무방했다.

'경제가 활성화되겠군.'

마력 코인은 게임에서 그러한 것처럼 앞으로 아르케디아인들에게 있어서 공용 화폐가 될 것이다. 마력 코인은 화폐의 역할뿐만 아니라 마력을 담은 재료로서의 역할도 하기에 가치가 떨어질 수가 없었다. 고급 아이템의 조합 같은 경우 마정석, 또는 마력 코인이 필수적으로 들어가고 있었다.

신성은 열심히 채집에 열중하고 있는 아르케디아인들을 비켜갔다. 나름대로 머리를 써서 선점 효과를 얻은 모양이기는 하지만 신성에게는 그저 귀엽게 보일 뿐이다. 어차피 아르케넷을 통해 다 알려질 것이 뻔했다.

[맵이 활성화됩니다.]

신성은 그들을 지나쳐 목적지로 향했다. 세이프리의 대리자였기에 세이프리의 영향 아래에 있는 지역의 맵을 맵핑 없이 받아볼 수 있었다. 재료가 있을 것으로 추정되는 곳이 물음표로 표시되었다. 이것은 대단한 이점이었지만 신성은 그다지 신경 쓰지 않았다. 필드에서 채집할 수 있는 것은 좋아봤자 [F]랭크를 넘어서기 힘들었다. 고급 아이템은 모두 마석 안의 던전이나 오픈 필드에 존재했다.

신성이 마석이 있을 것으로 추정되는 목적지를 체크하니 산 깊은 곳에서 푸른 빛줄기가 치솟는 것이 보인다. 마석과는 제법 거리가 떨어져 있었는데 에르소나가 주목할 리 없는 곳이다.

'움직이자.'

신성은 본격적으로 이동하기 시작했다.

신성은 해가 지기 전에 목적지 부근에 도착할 수 있었다. 산에서 느껴지는 분위기는 예전과 달랐다. 공기는 더할 나위 없이 상쾌했고 온갖 생명체가 기뻐 춤을 추는 것처럼 생명력이 넘쳐흐르고 있었다. 어디선가 흘러나오는 마력이 산에 큰 영향을 끼치고 있었다.

'찾았다.'

신성의 시야에 공중에 떠올라 있는 크리스털이 보였다. 은은한 빛을 머금고 있었는데 마치 반딧불처럼 보이는 유형화된 마력이 흩날리고 있었다.

"저건……."

피웅! 피웅!

마석 주변을 뛰어다니는 무언가가 보였다. 신성도 아주 잘 아는 몬스터였다.

1Lv

[-] 레드 슬라임

필드에서 자주 발견되는 슬라임. 인위적으로 만들어진 것들을 먹고산다. 쓰레기, 무기 등 종류를 가리지 않고 먹는 대식가이다. 정화 능력을 지니고 있기에 환경오염을 막는 일도 하지만 기물 파손을 일으키는 주범이다.

*드롭 아이템 : 최하급 정화석, 레드 허브, 슬라임의 핵

마석이 아니라 필드를 돌아다니는 필드 몬스터였다. 5레벨 이전까지는 선공을 하지 않았고 몬스터라 불리기에는 너무나 약했다. 생김새 역시 상당히 귀여워 동물로 분류해도 될 정도였다. 신성이 다가가자 무언가를 잔뜩 먹고 있던 레드 슬라임이 화들짝 놀라며 도망치기 시작했다. 슬라임이 있던 곳을 보니 산에 버려진 쓰레기가 모여 있다. 쓰레기를 모아 먹고 있던 것으로 보였다.

"착한 놈들이긴 한데… 포션 재료를 주니 사냥당하겠지."

레드 허브와 슬라임의 핵은 힐링 포션의 주재료 중 하나이다. 슬라임의 개체 수가 늘어난다면 아마 서울의 건물이나 시설에 큰 피해를 입힐 수가 있었다. 물론 아르케디아인들이 있으니 그렇게 될 확률은 적을 것이다.

신성은 화들짝 놀라며 마구 도망치는 슬라임들을 신경 쓰지 않고 비활성 마석으로 다가갔다.

비활성 마석은 아르케디아 온라인에서 본 것과 똑같았다. 그러나 신성의 감각에 무언가 알 수 없는 흐름이 느껴졌다. 그것은 암흑 마법과 연금술을 익혔을 때와 비슷한 감각이었다.

두근두근!

가슴에 손을 얹어보았다. 세차게 뛰는 진동이 느껴졌다.

드래곤 하트가 마석에 반응하고 있는 것이다. 신성은 숨을 내쉬며 본능적으로 마석을 향해 손을 뻗었다.

두드드드드드!

마석이 진동하며 신성의 마력이 마석으로 빨려들어 가기 시작했다. 마석이 더욱 환한 빛을 내뿜었다가 다시금 잠잠해졌다.

[최초로 비활성 마석을 찾아내셨습니다.]

15~20Lv

[F+] 휘몰아치는 골드레빗의 던전

[선점 효과가 부여됩니다.]

선점 효과

*48시간 동안 독점 가능(퇴장 시 선점 효과 소멸)

*아이템 드롭율 20% UP!

신성이 주목한 것은 그러한 문구가 아니었다. 모두 예상 기능한 신점 효과보다 그 아래 보이는 문구가 훨씬 더 눈에 들어왔다.

[지배의 종족 드래곤의 피가 마석에 반응하였습니다.]

[드래곤의 피가 더욱 강해집니다. 추가적인 보너스 습득이 가능합니다. (인49 : 용51)]

[E] 1차 각성 퀘스트(잠김)

드래곤의 피가 인간의 피를 넘어서며 생긴 각성. 드래곤으로 향하는 첫걸음이다. 아직 자격이 되지 않아 잠겨 있다.

요구 조건 : 20Lv

드래곤의 피가 강해져 추가 보너스 획득이 가능하다는 문구는 아직 잘 이해가 되지 않았지만 1차 각성 퀘스트는 신성도 예상하고 있던 것이다.

보통 각성은 NPC나 스스로에게 부여되는 퀘스트를 통해 이루어진다. 히든 피스에 해당하는 각성을 하기 위해서는 숨겨진 NPC나 퀘스트를 해야 한다고 알려져 있었다. 신성은 드래고니안이기에 스스로 각성하는 것으로 보였다.

'20레벨이 본격적인 게임의 시작이었지.'

PK가 가능해지는 것이 바로 20레벨부터였다. 20레벨부터는 길드 창설과 가입이 가능해지고 공성전에 참여할 수 있는 자격이 주어지게 된다.

신성은 고개를 끄덕이는 마석을 바라보았다. 신성이 마석에 다시 손을 올려놓자 마석 앞에 커다란 포탈이 생겨났다. 신성이 들어간다면 48시간 동안 다른 이들의 침입을 허용하지 않을 것이다. 48시간 안에 밖으로 나온다면 선점 효과가 사라지게 된다.

신성은 48시간을 가득 채울 생각이다. 그러기 위해 이것저 것 잔뜩 챙겨온 것이다.

아르케디아 온라인의 역사를 따라간다면 이 마석은 어차 피 3일 뒤에 사라지게 된다. 신성은 과연 경험치 버그가 걸려 있을지 기대가 되었다. 물론 경험치 버그가 없더라도 충분히 좋은 사냥터였다. 강남에 있는 마석에는 비할 바가 아니지만 사냥터를 홀로 독점하는 것에서 나오는 이득은 대단할 것이 다.

"그럼 가볼까?"

신성은 망설임 없이 포탈 안으로 들어섰다. 신성이 포탈 안 으로 들어가자 마석 앞에 떠올라 있던 포탈은 사라지고 48시 간이 카운트되기 시작했다. 팔찌 위로 떠올라 있어 실시간으 로 남은 시간을 확인할 수 있었다.

신성은 정면을 바라보았다. 약간 어두운 동굴 내부가 보인 다. 뒤를 돌아보니 밖으로 나갈 수 있는 포탈이 은은한 빛을 내뿜으며 자리해 있다.

'내가 기억하는 것과 똑같군.'

휘몰아치는 골드레빗 던전은 총 2층으로 이루어진 동굴형 던전이었다. 던전의 규모는 작은 편이었지만 몬스터의 개체 수가 많아 파티 사냥이 권장되는 곳이다. 게다가 2층부터는 정예 몬스터가 잔뜩 출몰했고, 마석의 수호자까지 존재하니 일반적으로 신성의 레벨에서 솔플은 절대 불가능했다. 그러나 신성은 전혀 긴장한 기색이 없었다.

그는 오픈 베타 시절 때와는 완전히 달랐다. 최상위 종족의 힘을 손에 넣었기 때문이다.

'강남의 마석 안에 출몰하는 놈들보다는 약한 수준이지.'

그러나 그 당시 경험치는 세 배 정도 뻥튀기되어 있었다. 강남 마석 안의 몬스터들과 비교하면 두 배 이상 차이가 났다. 깜짝 이벤트라고 해서 무마되긴 했지만 기술자들의 실수라는 소문이 돌았다. 여기서 에르소나를 따라잡고 다시 예전부터 선점하고 있던 최고의 강함을 되찾을 것이다.

신성은 본격적으로 동굴 안으로 들어섰다. 동굴은 좁은 통로와 넓은 공간이 여러 개 연결되어 있는 구조였다. 1층은 일반 몬스터밖에 나오지 않으니 빠르게 나아갈 수 있었다. 좁은 통로를 지나자 꽤나 넓은 공간이 모습을 드러냈다. 벽에 빛을 머금고 있는 수정이 붙어 있어 내부는 밝았다.

대형견을 보는 것 같은 거대한 토끼가 붉은 눈을 반짝이고 있다. 바로 아르케디아 최하급 몬스터 중 하나인 레드레빗이었다. 고블린보다 약한 공격력을 지닌 대신 내구가 강한 몬스터였다.

20Lv

[F] 레드레빗

거대한 몸집을 지닌 토끼. 흰 털에 붉은 무늬가 섞인 모습이 인상적이다.

학자들은 필드에 돌아다니던 초식동물이 마력의 힘으로 강화되었다고 추측하고 있다. 날카로운 발톱은 모험가라면 경계해야 하는 대상이다. 성격이 난폭하고 거칠어 미친 토끼라는 별명이 있다.

흰 털은 꽤나 부드러워 좋은 재료 아이템 중 하나이다.

*드롭 아이템 : 하급 마정석, [F-] 레드레빗의 이빨, [F] 새빨간 보석

신성이 있는 통로 바로 앞에 있던 레드레빗 하나가 고개를 돌리더니 신성을 바라보았다. 갑자기 허리를 꼿꼿하게 세우더니 날카로운 이빨을 드러내며 침을 흘려댔다. 토끼라고 하기보다는 차라리 곰에 가까운 모습이다.

"외형도 게임과 똑같네."

그렇게 말하며 신성은 검을 뽑았다. 얼마나 강한지 시험해 볼 생각이다. 화염 속성을 머금은 검이 뽑혀 나오자 주변이

밝아지며 불꽃이 이글거렸다.

"구오오오!"

레드레빗이 울부짖으며 신성을 향해 돌진했다. 고블린보다 높은 내구 스탯을 이용해 돌진 공격을 하는 것이 레드레빗의 주요 공격 패턴이다. 신성은 돌진해 오는 레드레빗을 바라보다가 그대로 손을 뻗었다.

터엉!

레드레빗의 머리가 신성의 손에 닿자 큰 소리가 울려 퍼졌다. 신성의 몸은 조금도 움직이지 않았다. 오히려 돌진해 온 레드레빗의 몸이 들썩였다. 레드레빗의 능력치는 신성과 결코 비교할 수 없었다.

레드레빗이 움찔거리며 고개를 들어 신성을 바라보았다. 신성과 눈이 마주치는 순간이었다.

쉬익!

신성이 가볍게 검을 휘둘렀다. 레드레빗의 가죽을 뚫고 검이 들어간 순간,

화르륵!

레드레빗이 화염에 휩싸이기 시작했다.

"구, 구오오오!"

화염 속성이 있는 유니크 검은 대단히 강력했다. 초반에 등장하는 몬스터에게 화염 속성은 재앙 그 자체였다. 그저 베

는 것만으로도 지속적인 도트 대미지가 들어가고 있었다.

신성은 망설임 없이 불길에 휩싸인 레드레빗의 몸통을 그대로 베어버렸다. 레드레빗이 가볍게 베어짐과 동시에 바닥에 털썩 쓰러졌다.

"쉽군."

쉬워도 너무 쉬웠다. 긴장감이 전혀 없어 하품이 나올 정도이다. 신성은 빠르게 정보창을 확인했다.

[EXP 400 UP!]
[3P UP!]

떠오른 문구를 본 순간 신성은 주먹을 불끈 쥐었다. 한 마리당 무려 경험치 400과 스킬 포인트 3이 오른 것이다. 경험치 오류가 그대로 적용되고 있었다.

'찾아온 보람이 있어.'

이곳은 그야말로 보물단지와도 같은 곳이었다.

신성은 사라져가는 레드레빗의 육체를 바라보다가 인벤토리에서 단검 하나를 꺼내 그대로 마력 도축을 하기 시작했다.

마력 도축은 하면 할수록 스킬 포인트가 자동으로 관련 계열 스킬에 쌓이니 할 수 있을 때 해두는 것이 좋았다. 게다가 추가적인 부산물도 얻을 수 있었다. 가끔씩 나오는 좋은 등급의 재료는 비싼 값에 팔리기도 했다. 현실화된 이곳에서도 마찬가지일 것이다.

신성은 하급 마정석과 마력 도축을 통해 얻은 레드레빗의 흰 털, 레드레빗 고기를 얻을 수 있었다.

"좋아, 그럼……."

경험치 확인이 끝났으니 본격적으로 사냥을 시작하는 것이 좋을 것 같았다. 사냥할 수 있는 시간이 정해져 있으니 빠르게 움직이는 것이 좋았다. 이곳의 유일한 단점은 몬스터가 몰려 있지 않다는 점이다. 모두 구석구석에 흩어져 있어 몰이 사냥을 하는 데 많은 불편함이 따랐다. 레드레빗 자체가 무리 지어 다니는 것을 싫어했다.

하지만 신성은 그러한 것을 해결할 수 있는 것을 가지고 왔다. 바로 세라의 상점에서 만든 'F+] 강력한 라플 향 마력 유인제'였다. 신성은 [F+] 강력한 라플 향 마력 유인제를 꺼냈다.

주먹보다 조금 작은 크기인 유인제를 넓은 공간 한가운데에 놓고 마력을 주입했다.

푸쉬쉬쉬!

유인제의 표면이 녹아내리기 시작하며 알싸한 향기가 섞인 연기가 퍼져 나가기 시작했다.

[아이템 효과 발동!]

[F+] 강력한 라플 향 마력 유인제가 작동하였습니다.

*라플 향에 민감한 몬스터가 몰려옵니다.

*몬스터의 공격 성향이 더욱 강해집니다.

*몬스터의 일부 스텟이 향상됩니다.

*효과 지속 시간 5분

톡 쏘는 향이 코를 찔러왔다. 몬스터의 코를 자극하는 냄새이다.

신성은 주변을 바라보다가 주변에 치솟아 있는 높은 바위 위로 올라갔다. 바위 위는 평평한 편이었는데 상당히 넓어 신성이 충분히 쉴 수 있을 만했다.

'딱 좋군. 여기에 텐트를 쳐야겠어.'

신성은 인벤토리에서 캠핑 키트를 꺼냈다. 네모난 상자였는데 바닥에 내려놓고 마력을 불어 넣자 뚜껑이 열리며 투명한 텐트의 실루엣이 모습을 드러냈다. 그 실루엣을 조작하여 위치를 지정할 수 있었다. 1인용 텐트라 자리를 그리 많이 차지하지 않아 바위 위에 딱 맞았다.

휘이이!

네모난 상자가 사라지며 텐트가 모습을 드러냈다. 최하급 캠핑 키트라 품질은 기대할 수 없었지만 휴식 정도는 충분히 취할 수 있었다. 자체적으로 온도 유지 기능이 달려 있어 추운 지방이나 사막에서도 좋은 효과를 발휘했다.

게다가 텐트 앞에 있는 여러 가지 도구를 통해 요리를 할 수 있었고 휴대용 조합기를 설치하면 던전에서도 바로 조합을 할 수 있었다.

'본래는 주로 로그아웃을 위한 용도였는데……'

던전 안에서 로그아웃을 하기 위해 많이 쓰인 것이 바로 캠핑 키트였다. 하지만 지금은 사라진 기능이었다.

'요리 스킬을 배워오는 것을 깜빡했군.'

너무 사냥에만 포커스를 맞춘 것 같았다. 그렇게 큰 영향을 주는 스킬은 아니니 아쉬워할 필요는 없을 것이다. 신성이 잠시 텐트와 요리 기구를 둘러볼 때였다.

두드드드드!

마치 지진이 난 것처럼 땅에서 진동이 울리기 시작했다. 신성은 고개를 돌려 유인제 쪽을 바라보았다.

"구오오오오!"

"구오?"

"구오오오오오!"

먼지구름이 치솟으며 레드래빗의 무리가 몰려오고 있었다. 너무나 많은 숫자라 넓은 공간이 비좁아 보일 정도이다. 신성의 입이 살짝 벌어졌다. 보통 유인제 계열의 아이템은 과도한 몰이사냥을 막기 위해 몰려오는 몬스터의 숫자가 열다섯 마리 이하로 제한되어 있었다. 그러나 눈앞에 보이는 풍경은 1층의 레드레빗이 모두 몰려온 것 같았다.

'드래곤의 조합서 때문인가?'

보통 마력 유인제가 아니었다. '강력한'이라는 문구가 들어간 유인제였다. 게다가 [F+]랭크까지 붙은 아이템이었다.

드래곤과 관련된 것은 모두 보통이 아니었으니 납득할 만했지만 그래도 이건 조금 심한 것 같았다. 몰려온 레드레빗이 득실거리는 모습이 징그럽게 느껴질 정도였다.

아르케디아 역사상 이 정도로 많은 수를 몰이사냥하려고 하는 자는 없을 것이다.

쿵쿵!

"구어어어!"

"구엑!!"

"쿠우!"

레드레빗들이 이리저리 얽히다가 서로 치고받고 싸우기 시작했다. 라플 향에 취해 한층 더 사나워진 상태였다. 이것이 유인제의 단점이기도 했다. 몬스터를 불러오는 대신 몬스터의 일부 스텟과 공격 성향을 올려주었다.

"음……."

수십 마리가 넘는 레드레빗이 신성이 있는 바위 위를 바라보았다. 붉은 눈동자에서는 광기만을 읽을 수 있었다. 확실히 라플 향에 취해 있었다.

'검도 나쁘지는 않지만……'

신성은 검을 바닥에 꽂고 레드레빗을 바라보았다.

레드레빗이 괴성을 지르며 신성이 있는 곳으로 달려오기 시작했다.

일인 타깃팅인 다크 애로우도 큰 효율을 보기 힘들었다. 아래로 내려가서 검술로 상대하는 것도 나쁘지는 않았지만 일단 레벨을 대폭 올리고 시작하는 편이 좋을 것 같았다. 저 정도의 숫자를 단번에 쓸어버린다면 레벨이 과연 몇이나 오를까?

무려 경험치가 세 배나 뻥튀기된 현장이다.

'시험해 볼까?'

신성의 입가에 잔혹한 미소가 걸렸다.

신성은 일격에 넓은 범위를 쓸어버릴 만한 필살기를 지니고 있었다. 몬스터를 상대로 사용하는 것은 처음이라 어느 정도의 위력을 보여줄지 기대되었다.

신성이 숨을 들이마신 순간 대기가 일렁거렸다. 주변 마력이 요동치며 신성을 중심으로 회오리치기 시작했다. 신성이 있는 바위 위로 올라오려던 레드레빗들이 흠칫하며 멈춰 섰다.

휘이이이이!

신성의 앞에 떠오른 거대한 마법진은 점차 어둠으로 물들어가며 공간을 잡아먹고 있었다.

그 모습은 모든 레드레빗의 몸을 굳게 만들었다. 저항할 수 없는 막대한 공포가 지금 이 공간을 지배하고 있었다. 신성의 빛나는 황금빛 눈동자에 흉흉한 살기가 감돌기 시작했다.

＊　　　＊　　　＊

마법진이 꿈틀거리면서 거대한 용의 눈동자가 형성되는 순간이다. 신성이 호흡을 내쉬는 순간 드래곤 하트로부터 마력이 쏟아져 나왔다.

콰가가가가가!

거대한 어둠이 파도치며 수십 마리의 레드레빗을 향해 뿜어져 나갔다. 모든 레드레빗이 반항조차 하지 못하고 거대한 어둠에 휩쓸렸다. 마치 해일에 휩쓸리는 작은 배들을 보는 것 같은 모습이다.

결코 거역힐 수 없는 자연재해였다.

압도적인 절망만이 내려앉았다.

다크 브레스.

드래곤의 전유물인 브레스가 이 자리에서 펼쳐진 것이다.

암흑의 힘을 계승한 다크 브레스는 그야말로 강력했다. 너무나 끔찍한 위력에 신성조차 놀랄 정도였다. 그것은 지옥의 숨결이고 절망의 상징이었다.

사아아아아!

융해와 부식 속성이 담겨 있어 모든 것을 그 자리에서 녹여 버렸다. 녹아내리는 것은 레드레빗만이 아니었다. 던전의 일부가 녹아버리며 부글거리고 있었다.

브레스의 위력은 [E-]랭크에 이르고 있었기에 레드레빗이 견뎌낼 수 있는 수준이 아니었다. 실질적인 위력은 [E-]랭크를 넘어섰을 것이다.

고오오오오!

공기가 죽으며 귀곡성이 울려 퍼졌다.

신성은 정면을 바라보았다.

넓은 공간에서 아직도 일렁이고 있는 검은 기류가 사방으로 소용돌이치며 레드레빗을 집어삼키고 있었다. 마치 살아 있는 사신과도 같은 모습이다. 그저 관통하여 나아가는 것이 아니라 주변에 있는 생명체를 끌어당기며 집어삼키고 있는 것이다.

어둠에 삼켜진 레드레빗은 비명조차 지르지 못하고 그대로 녹아내리며 사라졌다. 어둠이 서서히 걷히자 아이템들이 떨어지기 시작했다.

레드레빗이 죽으며 드롭된 아이템이다. 보통 시체가 사라진 후 잠시의 시간을 두고 드롭이 되지만 이미 모든 시체가 녹아버린 후라 공중에서 그대로 떨어지듯 나타났다. 다크 브레스가 만든 어둠이 사라지고 드롭 되었기에 아이템에는 손상이 전혀 없었다.

"후우."

두근두근!

두근거리는 드래곤 하트의 고동이 전신으로 울려 퍼졌다. 마력이 고갈되고 체력이 급 저하 된 것이 느껴졌다. 온몸이 녹초가 된 기분이다.

신성은 빠르게 숨을 몰아쉬며 인벤토리에서 스태미나 포션을 꺼내 벌컥벌컥 마시기 시작했다. 고갈된 체력이 조금씩 회복되는 것이 느껴졌다.

'챙겨오길 잘했군.'

아직 스태미나 포션의 양은 충분했지만 브레스를 남발하는 것은 힘들어 보였다. 사라진 마력을 회복시키려 마구 두근거리는 드래곤 하트를 생각해 보았을 때 충분히 시간을 두고 사용해야 할 것 같았다.

신성은 검을 뽑아 들며 그대로 바위 밑으로 내려갔다.

분위기 파악을 하지 못하고 이제 막 몰려온 레드레빗 몇몇이 구석에서 몸을 덜덜 떨고 있었다. 공포 상태에 빠져 도망조차 가지 못하고 있는 것이다. 신성의 주위에는 다크 브레스의 영향으로 아직도 검은 기류가 흐르고 있었다.

그런 검은 기류 속에서 유일하게 빛나는 것은 신성의 금안이었다. 신성의 황금빛 눈동자가 레드레빗을 향한 순간 레드레빗의 운명은 그 자리에서 정해져 버렸다.

*   *   *

신성은 소수의 레드레빗을 정리하고 빠르게 마력 도축을 시전했다. 브레스의 영향으로 거의 모든 레드레빗이 녹아버렸기에 획득한 레드레빗의 고기와 털은 수량이 적었다.

하지만 바닥에 드롭된 아이템들을 보면 아깝다는 생각은 전혀 들지 않았다. 수십 마리가 떨군 아이템이 반짝이는 보석처럼 바닥에서 빛나고 있었다.

마치 보물창고에 온 기분이다.

신성은 일단 아이템을 모두 회수했다.

하급 마정석 40개와 [F] 레드레빗의 이빨 20개, [F] 새빨간 보석 22개를 획득할 수 있었다.

[F-] 레드레빗의 이빨(재료)(노멀)

레드레빗의 날카로운 이빨. 대단히 날카롭고 단단해 금속 공예를 위한 칼날로 쓰이기도 한다. 여러 가지 조합 아이템의 재료이기도 하다. 갈아서 마신다면 얼마 동안 토끼 귀가 자라난다는 소문이 있다.

[F] 새빨간 보석(재료)(노멀)
붉은 기운이 감도는 보석. 기이하게도 짠맛이 돌아 요리 재료로 쓰인다. 일반 소금보다 영양 성분이 풍부하고 마력을 함유하고 있어 마력 회복에도 탁월하다고 알려져 있다.

그리 비싼 편은 아니지만 모아놓는 것이 좋았다. 이 재료 아이템은 당분간 신성이 독점한 것과 마찬가지이기 때문에 초반에는 비싼 값에 유통시킬 수 있을 것이다. 게다가 가공해서 판다면 더욱 값어치가 올라갈 것이다.

세이프리 대리자라는 신분을 사용한다면 세금도 붙지 않으니 많은 이윤을 남길 수 있었다. 드래고니안이 되었기 때문인지 이런 쪽으로 머리가 빠르게 돌아가기 시작한 신성이다.

"얼마나 올랐는지 볼까?"

얼마나 올랐을지 무척이나 기대되었다.

신성은 모험가 팔찌를 통해 정보창을 확인해 보았다.

[LEVEL UP×5]
[EXP 400×52]
[3P×52]

추가 보너스!
[드래곤의 피가 강해져 추가 보너스를 받습니다.]
*잔혹 처치 보너스! 녹아버렸네? 한 방에 모두 지옥행!
판정 F!
EXP 1,000 UP!
*대량 학살 보너스! 하찮은 잡것들, 사라져라!
판정 E!
EXP 1,000 UP! 20P UP!

레벨이 단번에 5가 올라 13이 되었다. 레벨을 이토록 빨리 올린 사람은 아르케디아 온라인에서도 없을 것이다. 게다가 습득한 스킬 포인트의 양도 대단히 만족스러웠다.

대량 학살, 그리고 잔인 처치 보너스가 더해졌는데 이것이 바로 드래곤의 피가 강해진 결과가 낳은 추가 보너스였다.

'잔혹하게 많이 죽이면 더 많은 경험치를 얻는 건가? 특이하군.'

드래곤의 특성이 반영된 시스템인 것 같았다. 드래곤의 포악한 특징을 잘 드러내 주고 있었다. 어쨌든 없는 것보다는 나았기에 신성은 고개를 끄덕였다.

추가 보너스도 있으니 앞으로의 전투 방식에 대해 조금 고민해 봐야 할 것 같았다.

'좋아.'

첫 수확치고는 대단히 만족스러웠다.

신성은 스텟 포인트를 균등하게 분배한 뒤 드래고니안 스킬과 드래곤의 눈에 스킬 포인트를 투자했다. 우선 드래고니안 스킬들을 [E-]랭크로 만들어 신체의 기본 성능을 올리는 것이 좋을 것 같았다.

일단 드래곤의 피부에 포인트를 우선적으로 투자하여 [E-] 랭크를 만들었다. 그러자 신성의 드래곤 하트가 두근거리더니 회색 빛깔이 감도는 비늘이 갑옷 위로 생성되었다가 흐려지며 사라졌다.

새로운 힘이 느껴졌다.

[드래곤의 피부 E-랭크 달성!]
[드래곤의 피부 하위 스킬이 생성되었습니다.]

[F+] 드래곤의 마력 스킨
해츨링의 비늘이 1차 탈피 후 생성되는 마력으로 이루어진

피부. 나약한 해츨링의 생존율을 올려주는 스킬이다. 이 시기가 오게 되면 해츨링은 빠르게 성장하게 된다.

마력을 소모하여 동일 랭크 이하의 대미지를 무시하고 온 오프가 가능하며 대미지에 비례하여 마력이 소모된다. 단, 해당 랭크보다 높은 물리 공격, 공격 마법에는 파괴될 수 있다.

*마력 스킨 오프 시 재사용까지 10분 소요

*마력 스킨이 파괴당할 시 재사용까지 20분 소요

*마력 스킨이 파괴당할 시 내상 및 마력 회복 속도 저하

*마력 스킨 상태에서 드래곤 하트의 마력 회복 속도 저하

신성은 자신의 몸을 바라보았다. 드래곤의 눈으로 집중하여 보니 투명한 막 같은 것이 갑옷 위를 감싸고 있다. 마력 스킨이 피부와 제법 붙어 있어 두꺼운 갑옷이나 두르고 있는 로브까지는 보호해 줄 수 없을 것으로 보였다.

'용신을 죽일 때도 애먹은 스킬이었지.'

용신의 [S]랭크 이하 대미지 무시는 그야말로 재앙과도 같은 스킬이었다. [S+]랭크의 아이템으로 무장하지 않고는 상대할 시도조차 할 수 없었다. 벌어들이는 모든 돈을 게임에 투자하여 [SS]랭크 아이템으로 도배한 신성에 비해 용신은 그저 맨몸이었다. 갓 지상에 강림해 약화되어 있다는 설정이 붙었지만 그럼에도 불구하고 엄청난 위용을 자랑한 용신이었다.

그야말로 재앙 그 자체인 몬스터였다.

'그 미친놈이 다시 나타날 것이라 생각하니 끔찍하네.'

신성은 용신의 남긴 말을 떠올려 보았다. 울부짖음과도 같은 그 말이 신성의 뇌리에서 다시 재생되고 있었다. 마치 천둥과도 같은 목소리는 모든 생명체에게 두려움을 안겨줄 것이 분명했다.

'음?'

그러나 신성은 고개를 갸웃했다. 왜인지 머릿속에서 재생되는 용신의 음성이 예전에 들은 것과 달랐다. 상당히 아름다운 선율처럼 들렸다.

그 울부짖음이 마치 아름다운 노래처럼 들렸다.

'내가 용족이 되더니 미쳤군.'

신경 쓸 필요는 없을 것이다. 어차피 죽여야 할 몬스터였다. 신성은 피식 웃고는 다른 스킬을 살펴보았다.

신성은 드래곤의 눈을 상당히 중요하게 생각하고 있었는데 앞으로 성장하는 데 있어서 볼 수 없는 것을 보여줄 수 있을 것 같았기 때문이다.

남은 스킬 포인트를 드래곤의 눈에 투자하자 역시 변화기 있었다.

[드래곤의 눈 F+랭크 달성! 나도 이제 성숙한 해츨링!]

[드래곤 눈의 특수 능력이 발현되었습니다.]

[F+] 드래곤의 눈(0/200P)

드래곤의 황금빛 눈동자는 마력의 흐름을 꿰뚫어 보고 상대에게 두려움을 준다고 알려져 있다. 하급 마법이라면 보는 것만으로 술식을 파악할 수 있다.

랭크가 오를수록 여러 가지 능력들이 개화된다.

*[F+] 드래곤 피어 : 자신보다 레벨이 낮은 몬스터에게 두려움을 주어 혼란, 절망, 전의 상실 등의 상태 이상을 부여한다.

*[F+] 관통의 눈동자 : 상대의 영혼을 꿰뚫어 보는 능력. 상대방의 레벨, 마법 저항과 정신력에 따라 읽을 수 있는 정보가 정해진다. 감정 스킬과 연동하여 보다 세밀한 감정이 가능하다.

*[F+] 수색의 눈동자 : 동일 랭크 이하의 묻혀 있는 광석, 보물 등을 감지해 낼 수 있다. 드래곤의 욕심은 금화 한 닢이라도 피해 갈 수 없다. 만약 당신이 드래곤 앞에서 보물을 숨긴다면 멸망을 피해갈 수 없을 것이다.

*[F+] 유혹의 눈동자 : 이성에게 호감을 가지게 만드는 힘.
드래곤의 매력 중 하나이다. 개체 수를 늘리기 위해 드래곤 로
드의 명령으로 만들어졌다는 설이 있으나 확인 불가능하다. 이
성이라면 모든 종족에게 효과가 있다.

기본적인 드래곤 스킬은 올리면 올릴수록 그 진가가 드러
나는 것들이었다. 기본적으로 주어지는 스킬들이라 등급은
없었지만 신성이 보기에는 레전드라 불러도 무방해 보였다.
유혹의 눈동자를 제외한 모든 능력이 유용했다.

'막대한 스킬 포인트가 필요한 것이 문제야.'

투자할 스킬은 많았지만 스킬 포인트가 부족했다. 부족한
스킬 포인트를 이참에 왕창 벌어놓아야 했다.

"곧 리젠되겠지."

1층에 존재하는 대부분의 레드레빗을 잡은 신성이다. 2층
으로 이루어진 소형 던전답게 리젠되는 시간은 다른 곳에 비
해 상당히 빨랐다. 그래도 신성은 남는 시간에 놀 생각은 전
혀 없었다.

드래곤의 눈을 십분 활용할 시간이었다.

인벤토리에서 바로 곡괭이를 꺼내 주변을 둘러보았다. 벽
에 박혀 있는 광석이나 바위틈에서 자라나고 있는 수정들이
신성의 눈에 들어왔다. 숨겨져 있는 것도 있었지만 드래곤의

눈에 모두 걸려들었다. 투시 능력이라도 생긴 것처럼 실루엣이 보였다. 랭크도 확인이 가능했는데 랭크가 높을수록 색깔이 밝아졌다.

'파란색 실루엣이 [F+]랭크로군.'

랭크가 없는 것들은 검은색으로 표시되었다. 신성은 곡괭이를 들고 광물을 캐기 시작했다. 파괴력이 높은 검이나 마법으로 한다면 금방 끝나겠지만 이득보다 손해가 많았다. 높은 확률로 자원이 손상되기 때문이다.

곡괭이를 쓴다면 광물이나 보물을 손상시키지 않고 원형 그대로 채취를 할 수 있었고 관련 계열의 스킬 포인트를 얻을 수 있었다. 채집계 스킬에 투자 가능한 스킬 포인트를 얻을 수 있는 것이다.

신성의 눈에 금빛이 스쳐 지나갔다. 저것들 모두가 돈이었고 너무나 예뻐 보이는 돈다발이었다.

이곳은 그야말로 노다지였다.

*　　　*　　　*

신성은 독종이었다. 게임에 있어서는 그 누구도 범접할 수 없는 폐인이었다.

이틀 동안 신성이 한 일은 간단했다.

몰고, 죽이고, 채집하고, 또 몰이한다. 쫙쫙 오르는 경험치에 신성은 지루할 틈이 없었다. 잔혹 처치와 대량 학살 경험치는 신성으로 하여금 과감한 움직임을 보여주게 만들었다. 마력 스킨을 켜놓고 있었기에 마력 소모가 심한 어둠의 용언 마법을 쓰는 것보다 검을 주로 썼는데 그 때문인지 잔혹 처치 보너스가 더욱 올라갔다.

무수히 몰려온 정예 몬스터들조차 마력 스킨을 뚫어낼 수 없었다. 가끔 지나치게 몰려올 때면 스태미나 포션을 마구 들이켜 브레스를 쏘아주었다.

몇 번 사용할 수는 없었지만 브레스 앞에서는 정예 몬스터든 일반 몬스터든 모두 평등했다.

신성은 텐트 옆에 수북하게 쌓인 아이템을 보며 흐뭇한 미소를 지었다. 마력 강철, 빛나는 석탄, 보석류까지 모두가 소중한 자원이었다.

특히 2층에서 모은 재료 중에는 각종 약초를 비롯한 황금 풍뎅이도 있었다. 2층은 1층과 아예 다른 공간이었는데 자그마한 숲이었다. 그곳에서 긁어모은 자원은 약초를 비롯해 곤충류였다. 흙바닥 깊은 곳에 땅굴을 파는 황금풍뎅이는 희귀한 새료에 속했다.

'강화석과 마력 강철, 희귀한 약초에 황금 풍뎅이까지… 냉기 속성을 머금은 약초가 있는 것을 보면 어딘가에 얼음 호

수가 숨겨져 있을 것 같은데……'

던전 구석구석을 다 살펴보았으니 아마 보스방에 숨겨져 있을 것이라 예상되었다.

아무튼 강화석은 자신의 전력 자체를 바로 강하게 만들 수 있었기에 포션보다 더 수요가 많은 재료였다. 마력 강철이나 빛나는 석탄 역시 대장장이들에게는 무척이나 소중한 재료였다.

'그야말로 대박이군.'

돈은 많을수록 좋았다. 반짝이고 빛나는 것은 많을수록 좋았다. 절로 웃음이 나왔다. 탐욕이 넘쳐흐르는 웃음이었지만 제3자가 본다면 분명 환상적인 미소일 것이다.

좋은 광물들이 던전 구석구석에 교묘하게 숨겨져 있었다. 보통은 찾아내지 못할 테지만 드래곤의 눈은 너무나 뛰어났다. 일반 아르케디아인이라면 결코 찾기 힘든 것까지 모조리 찾아낼 수 있었다.

드래곤의 눈은 그야말로 채집계의 치트키였다.

메인 퀘스트인 마석에서 자원을 채취하면 리셋이 되지 않고 고갈되지만 비활성 마석은 달랐다. 일주일에서 한 달의 기간을 두고 리셋되기 때문에 어떤 비활성 마석은 사냥터보다 재료를 채집하는 곳으로 유명하기도 했다.

'조금 답답하기는 하네.'

이틀 동안 미친 듯이 자원을 캐고 사냥을 했지만 신성은 아직 20레벨을 넘어서지 못하고 있었다. 정확히 말하자면 이미 20레벨을 아득히 넘어섰지만 반영되지 않은 것이다.

'각성 퀘스트를 깨야 오르겠지.'

바로 각성 퀘스트 때문이었다.

각성 퀘스트를 깨야 20벨 이상 올릴 수 있었다. 경험치는 계속 쌓이는 형태였지만 레벨은 오르고 있지 않은 것이다. 그것은 스킬 포인트 역시 마찬가지였는데 20레벨 이후에 습득한 포인트는 모두 잠기게 되었다.

20레벨을 넘어선 순간 그동안 모은 경험치가 폭발하며 폭업이 될 것이다. 신성이 노린 것도 그것이다. 몬스터와 레벨 차이가 나면 날수록 얻을 수 있는 경험치는 크게 줄어들었다. 그러나 지금 20레벨에 고정되어 있었으니 이 던전에서 획득할 수 있는 경험치 역시 고정되는 것이다.

각성 퀘스트를 마치면 각성기를 쓸 수 있어 한층 더 강력해지기에 대부분의 아르케디아인은 바로 각성 퀘스트를 마치는 편이었다.

신성은 정보창에서 자신의 각성 퀘스트를 다시 확인해 보았다.

[E+] 드래고니안의 길(1차 각성 퀘스트)

20Lv에 이르러 더욱 강력한 힘을 손에 넣을 자격이 되었다. 드래곤으로 향하는 첫 관문에 들어선 것이다. 이제 모든 것을 지배하는 드래곤으로서의 첫 번째 힘을 얻을 차례이다.

*완료 조건
1.드래고니안 스킬 E-랭크 달성(3/3) 완료
2.드래곤 레어 구축(0/1)
3.던전 코인 획득(0/1)
4.드래곤 나이트 임명(0/1)

첫 번째 조건은 완료했지만 나머지 조건을 만족시키지 못하고 있었다. 던전 코인이라는 것이 무엇인지 궁금하기는 했지만 마석의 수호자를 잡게 되면 의문이 풀릴 것 같았다.

[각성 보상]
*1차 각성기 개화
*진정한 지배의 힘 개화

[E] 반룡화 현신(각성기)
잠시 동안 인간의 피를 낮춰 전신의 용혈을 깨운다. 전반적인 신체 능력이 향상되고 더욱 강력한 마법을 쓸 수 있다. 그러

나 인간의 피가 남아 있어 패널티를 부여한다.

　현신 속성 : 암흑룡(암흑), 백천룡(신성)

　*드래곤 하트 용량이 세 배로 확장된다.

　*올 스텟 +70

　*습득한 모든 스킬의 랭크가 한 단계 상승한다.

　*마력 스킨 랭크가 두 단계 상승한다.

　*마력 스킨 유지 시 마력 회복력이 떨어지지 않는다.

　*마력 날개의 사용이 가능하다.

　*브레스 사용 시 체력이 하락하지 않는다.

　*하급 마법 사용 시 시동어 생략이 가능하다

　유지 시간 : 5분

　패널티

　1. 전 마력 소모, 마력 회복률 저하.

　2. 극심한 체력 저하

　3. 드래곤 하트 기능 회복 시까지 스킬 랭크 및 스텟 저하

　[티] 던전 편입

　드래곤의 피가 깨어나 던전을 지배할 수 있는 능력이 개화되다. 드래곤 레어에 성복한 던전을 편입할 수 있다. 자원 던전, 일꾼 던전, 개방 던전 등 드래곤 레어에서 던전 개조를 통해 여러 가지 형태로 꾸밀 수 있다.

*던전 수집 및 배치 가능(0/3)

*던전 커스터마이징 가능

*몬스터 수집 가능

각성기를 포함한 각성 보상은 대단했다. 다른 하위 종족에
비교도 되지 않을 정도로 위력적인 각성기와 또 다른 능력을
손에 넣을 수 있었다.

던전을 자신의 것으로 만들 수 있는 능력은 그 잠재력이
엄청났다. 그 어느 아르케디아인도 던전을 소유할 수 없었다.
그것은 여신 루나 역시 마찬가지일 것이다.

군림하여 지배하는 것은 드래곤만의 특권이었다. 신의 자
리에 오를 수 있으면서 그것을 걷어차고 모든 것을 손에 넣으
려 한 오만한 종족이 가진 힘이었다.

"유인제도 다 떨어졌군."

이제 던전이 개방될 때까지 다섯 시간 정도 남은 시점이다.
몬스터의 리젠도 현저히 느려지기 시작했다. 게임과는 다른
모습이었는데 드래곤의 눈으로 확인해 보니 던전을 관통하고
있는 마력이 줄어든 영향으로 보였다. 마력이 몬스터를 구체
화시키고 던전에 배치시키는 형식이었다. 마력의 근원은 아마
마석의 수호자일 것이다.

슬슬 보스 몬스터를 잡고 이곳을 뜰 시간이다.

'그 전에… 음, 배가 고픈데.'

이틀 동안 쉬지 않고 달려온 신성이다. 아무것도 먹지 않았기에 상당히 배가 고파왔다. 신성은 마력 도축으로 채집한 토끼 고기를 요리용 솥에 넣었다. 캠핑 키트에 마련된 요리 재료를 초보용 요리 솥에 넣었다.

[띵!]
[요리가 완성되었습니다.]

요리를 하니 요리가 만들어지기는 했다. 마력이 담겨 있는 재료로는 일반적인 요리를 할 수 없었다. 반드시 요리 솥이나 다른 도구들이 있어야 했다.

신성은 뚜껑을 열어 내용물을 확인했다.

[-] 난잡한 수프
토끼 고기가 난잡하게 떠 있는 수프. 요리 스킬이 없어 나온 희대의 망작이다. 맛은 당연히 없다.
*효과 : 마력 회복 1% 상승(20분), 체력 회복 -1%(3분)

"……."

요리 스킬이 없기 때문에 난잡한 요리밖에 만들 수 없었다. 아무리 정성을 다해도 결과물은 달라지지 않았다. 일반인들이 요리 방법을 알고 요리하는 것과는 다른 결과였다. 모든 재료가 마력을 함유하고 있기에 그럴듯한 요리를 하려면 요리 스킬은 필수였다.

하지만 요리 스킬 배우는 것을 깜빡한 신성이다.

일단 배가 고팠기에 요리를 꾸역꾸역 먹고 신성은 수북하게 쌓여 있는 아이템들을 바라보았다. 많이 모아놓은 것은 좋은데 가져가는 것이 문제였다. 생각보다 너무 많은 재료를 모은 신성이다. 봇짐을 만든다고 하여도 다 가져갈 수 없을 것 같았다. 보스를 잡고 던전 밖으로 나가면 던전은 리셋이 되니 한 번에 가져가야만 했다.

그 순간, 신성은 모두 가져갈 수 있는 방법이 떠올랐다.

'연금술을 익히길 잘했어.'

바로 휴대용 조합기를 활용하는 방법이다.

연금술을 사용해서 조합한다면 부피를 줄이며 좋은 아이템으로 만들 수 있었고 스킬 포인트 역시 쌓을 수 있었다. 하지만 문제는 휴대용 조합기의 한계로 [F]랭크 이하의 재료 아이템만 가능하다는 것이다.

신성은 불만스러운 눈으로 휴대용 조합기를 바라보았다.

'조금만 고치면 좋아질 것 같은데······.'

드래곤의 눈으로 보니 부족한 부분이 보였다. 마력 술식을 손본다면 업그레이드가 가능할 것 같았다. 신성은 드래곤의 눈으로 휴대용 조합기를 바라보며 마력을 일으켰다.

신성은 빠르게 마력 술식을 개조하기 시작했다.

'조합의 솥이 이런 식이었던가?'

신성은 세라의 상점에 있던 조합의 솥을 떠올려 보았다. 그 술식을 떠올리는 순간 신성의 몸에서 어두운 기류가 뿜어져 나왔다. 신성의 바로 앞에 조합의 솥의 마법 술식이 떠올랐다.

[어둠의 용언 마법의 힘으로 마법 술식을 흡수하였습니다.]
*[E-] 어둠의 조합 술식을 습득하였습니다.

어둠의 용언 마법의 힘으로 술식을 흡수한 것이다. 신성은 손 위에 떠오른 술식을 휴대용 조합기에 가져다 대었다. 그러자 휴대용 조합기에 있던 술식이 새롭게 고쳐졌다.

[술식 부여 완료!]
*휴대용 조합기에 [E-] 어둠의 조합 술식을 부여하였습니다.
*[F-] 휴대용 조합기가 [E-] 어둠의 휴대용 조합기로 업그레이드되었습니다.

초라하던 휴대용 조합기에서 검은 기류가 뿜어져 나오더니 표면이 완전히 검은색으로 바뀌었다. 광택이 흐르는 모양이 상당히 고급스러워 보였다.

[E-] 어둠의 휴대용 조합기
드래곤의 눈과 어둠의 용언 마법을 이용해 술식을 흡수하여 부여한 결과이다. 전반적인 조합 능력은 상승하였으나 내구도가 약해져 오래 쓸 수 없다.
*E- 랭크 이상 조합 가능

신성은 고개를 끄덕이며 조합기를 바라보았다. 무리하게 술식을 부여하고 개조한 덕분에 내구도가 약해지기는 했지만 지금 당장은 쓸 만했다.

신성은 드래곤의 조합서를 펴보았다. 워낙 방대한 양이라 모두 살펴볼 수는 없었다. 편의 기능이 있었는데 소유하고 있는 재료를 입력하면 조합 가능한 목록이 나오는 것이었다. 신성이 가지고 있는 재료들을 입력하자 조합 가능한 항목이 나오기 시작했다.

그 항목들을 본 순간 신성의 눈동자가 커졌다.

그저 단순한 조합 아이템으로 생각한 신성의 생각이 단번에 깨져 버렸다.

"이건……."

너무나 익숙한 항목들이었다. 그것은 그야말로 애증의 대상이었다.

*[E-] 빛나는 강화석(레어)

영롱한 빛을 품고 있는 강화석. 강화 성공률이 일반 강화석보다 높다. 보통 7강 이상의 아이템을 강화할 때 쓰인다. 10강을 성공한다면 해당 아이템의 한계 돌파가 가능하다.

사용 가능 등급 : E- 랭크 이하

재료 : 강화석 30개, 빛나는 마력 강철 10개, 하급 마정식 20개, 순도 높은 드래곤의 마력

*[E-] 안전 기원석(에픽)

푸른빛이 감도는 신비한 돌. 알 수 없는 신이 축복을 내렸다고 전해진다. 강화 실패 시 아이템이 부서지는 것을 막을 수 있다.

사용 가능 등급 : E- 랭크 이하

재료 : 빛나는 강화석 2개, 강화석 40개, 빛나는 마력 강철 10개, 마력의 황금 가루 10개, 황금의 하급 마정석 5개, 순도 높은 드래곤의 마력

*[E-] 마력의 황금색 가루(에픽)

신비한 빛을 머금은 가루. 희귀한 연금술 재료이다. 현자의 돌의 재료로 알려져 있기도 하다. 재료의 랭크를 한 단계 올려주며 조합 시 좋은 아이템이 나올 확률을 높여준다.

사용 가능 등급 : F-~F+

재료 : 차가운 약초 20뿌리, 황금풍뎅이 가루, 하급 마정석 20개, 빛나는 강화석, 순도 높은 드래곤의 마력

바로 캐시 아이템이었다.

신성은 잠시 멍한 표정이 되었다. 드래곤의 조합서에 설마 캐시 아이템 조합법이 들어 있을 줄은 몰랐기 때문이다. 프로 현질러, 지갑 전사였던 그였기에 충격을 넘어 경악에 가까운 일이었다.

'도대체 드래곤은 뭐 하는 종족이지?'

탐욕과 지배.

제일 먼저 생각나는 단어이다. 결코 좋은 이미지는 아니었다.

신성은 루나가 드래곤을 보고 신을 넘어설 수 있는 종족이라고 말한 것이 떠올랐다. 확실히 캐시 아이템으로 도배하면 신을 넘어설 수 있을 것 같기는 했다.

'드래곤의 마력이 필요한 것을 보면 캐시 아이템을 만들 수

있는 자는 나밖에 없겠군.'

드래곤의 마력을 지닌 이는 신성뿐이었다.

막대한 재료가 들어가기는 하지만 효능을 생각해 본다면 절대 아깝지 않았다.

수월한 몬스터 공략을 위해서 고강화 무기나 방어구는 필수였다. 고강화는 보통 7강에서 10강을 뜻하는 말이었는데 같은 랭크의 아이템이라도 7강과 8강의 차이는 대단히 컸다. 특히 10강에 이르러 한계 돌파를 하게 되면 아이템 성능이 비약적으로 향상되기에 많은 아르케디아 플레이어들은 막대한 지출을 감수하면서까지 시도하곤 했다.

마석 공략을 앞둔 지금의 시점에서 과연 얼마만큼의 값어치를 지니게 될지 궁금했다.

'다른 캐시템의 조합법도 풀렸을까?'

드래곤의 조합서를 검색해 보았지만 아직 랭크가 낮아 이이상 찾아낼 수는 없었다. 연금술의 랭크를 올린다면 나타날 것 같았다.

아르케디아 온라인은 과금 유도로 악명이 높은 게임이었다. 고위 랭커를 노리는 자라면 눈물을 머금고 지갑을 열어야만 했다. 그렇지 않고서는 위로는 절대 올라갈 수 없었다. 노력으로 레벨은 넘어설 수 있지만 레벨로 넘어설 수 없는 것이 바로 캐시 아이템이었다.

캐시템의 종류도 상당히 많았는데 특수한 효과를 지닌 무기나 방어구 스킨, 각종 도구, 침대를 비롯한 각종 가구에서부터 요리까지 다양했다.

대놓고 밸런스를 붕괴시키지는 않지만 한국의 게임이 그렇듯 은근히 게임에 영향을 미치는 것들이었고, 특히 방어구 스킨이나 가구 같은 것들은 상당히 예뻐서 많은 여성들의 지갑을 털어가곤 했다.

대표적으로 잘 팔린 아이템 중 하나가 바로 '무지개 화장품'이었다. 외모는 종족에 따라 수정할 수 있는 범위가 정해져 있었지만 무지개 화장품을 쓰게 되면 작게는 1%에서 크게는 10%까지 추가 수정을 할 수 있게 된다. 재미있는 점은 수정 가능 수치 역시 랜덤이라는 점이다.

봉인된 무지개 화장품을 개봉하게 되면 수정 가능 수치가 랜덤으로 붙는 형식이었다.

'더 알아봐야겠어.'

신성은 연금술 이외에 다른 생산계 스킬을 익힐 필요성을 느꼈다. 드래곤의 힘이 영향을 미친다면 다른 계열의 캐시템 역시 만들어낼 수 있을 것 같았다.

마석 공략, 드래곤 레어, 그리고 캐시 아이템.

할 일이 산더미처럼 쌓여 있다. 하지만 귀찮지는 않았다. 그러한 것들이 오히려 신성에게 의욕을 심어주었다. 자신의 손으로 만들어가는 재미가 있었다. 그저 가상이던 예전과는 다르게 모든 것이 진짜이고 현실이었다.

애증의 대상이던 캐시템도 정복할 수 있을 것 같아 기분이 좋아진 신성이다.

'지금은 일단 무조건 만드는 것이 이득이야.'

신성은 씨익 웃으며 수북하게 쌓여 있는 재료 아이템을 바라보았다. 그러곤 고개를 끄덕였다. 막대한 재료는 이미 갖춰져 있었다. 이틀 동안 던전 구석구석을 누비며 모은 아이템이 산처럼 쌓여 있었다.

"좋아, 만들어볼까?"

실패하면 모든 재료가 날아가기는 하지만 그런 리스크를 감수할 가치가 있는 아이템들이었다. 신성은 자신의 행운 수치를 믿었다.

칭호를 통해 받은 행운 수치는 100이 넘었다. [E]랭크에 해당하는 수치이다. 이제 마석이 개방될 때까지 대략 다섯 시간 정도 남았으니 빠르게 손을 움직여야 했다.

신성은 조합기를 발동시키며 재료를 안에 넣었다. 신성의 눈빛은 그 어느 때보다도 진지했다. 지금 조합기는 황금 알을 낳는 거위로 보였다.

휘이이이!

조합기가 공중으로 치솟더니 어두운 기류를 뿜어내며 내려앉았다. 뚜껑이 열리며 보이는 것은 영롱한 빛을 내뿜고 있는 빛나는 강화석이었다. 그것은 어떤 금은보화보다도 아름답게 보였다.

첫 시도는 성공이었다. 출발이 무척이나 좋았다.

'잘만 하면……'

용의 재능으로 열 번 중 한 번은 한 랭크 위의 아이템을 얻을 수 있으니 [E]랭크의 '빛나는 중급 강화석'도 조합이 가능할 것이다.

"하하!"

신성은 오랜만에 소리 내어 웃고는 빛나는 강화석을 인벤토리에 넣었다. 처치 곤란할 만큼 수북한 재료의 산이 그의 마음을 들뜨게 만들었다.

아르케디아 온라인이 현실화된 지금 최초로 캐시템이 탄생하고 있었다.

*   *   *

세이프리의 대신전.

대신전은 세이프리의 그 어떤 곳보다 웅장하고 아름다웠다. 세이프리에 거주하는 모든 이가 이곳에서 마음의 안식을 찾고 위로를 받았다. 대신전은 루나의 탑과 함께 세이프리를 유지하는 힘이었다.

루나는 늘 그렇듯 대신전에서 업무를 보는 중이다. 루나의 탑은 그녀의 권능과 신성이 흐르는 곳이라 아무나 들어갈 수 없었기에 그녀는 특별한 일이 아니고서는 주로 신전에서 생활했다.

밀려온 서류에 계속해서 결재 도장을 찍던 루나는 자신의 업무실에 들어온 누군가를 힐끔 바라보다가 다시 계속해서 도장을 찍기 시작했다. 도장을 찍을 때마다 서류는 빛줄기가 되어 루나의 탑으로 날아갔다.

그녀의 그런 모습을 지켜보던 누군가는 바로 과거 루나교의 교황이었고 현재는 루나교의 수석 프리스트인 김갑진이었다. 김갑진은 아직 레벨이 낮아 교황으로의 승급이 불가능했지만 세이프리에 위치한 루나교에서 제일 높은 위치였다.

레벨도 20으로 현 시점에서는 대단히 높은 편이었다. 1차 직업 각성 퀘스트를 완료하여 수석 프리스트에 오른 것이 바로 얼마 전의 일이다.

"루나 님, 그거 살펴보고 결재하셔야 하지 않나요?"

"네? 아, 괜찮아요. 아니, 괜찮겠죠?"

"…정말 괜찮은 건가요? 뭔가 이상한데."

"그, 그래요. 괜찮아요. 잘 살펴보고 있거든요. 속독하고 있어요."

김갑진의 눈이 날카롭게 빛났다. 그가 쓰고 있는 안경이 왠지 반짝거리는 것 같은 느낌에 루나는 슬쩍 시선을 피했다. 김갑진은 잠시 턱에 손을 얹고 생각하다가 싱긋 웃으며 입을 떼었다.

"확실히 자원 채집 퀘스트나 경제 활성화 정책은 괜찮았지요. 음음, 루나 님께서는 역시 신이셨네요. 대단하십니다."

"그래요. 이 정도는 당연하죠."

"존경스러운 부분이기는 합니다."

루나가 자신만만한 표정이 되었다. 김갑진은 왠지 마음으로는 납득이 되지 않았지만 겨우 고개를 끄덕였다. 어쨌든 세이프리는 제대로 돌아가고 있었다.

루나는 무언가 중요한 것이 생각났다는 듯 자리에서 벌떡 일어나며 김갑진을 바라보았다.

"맞다! 가져오셨나요?"

"아, 네. 가져는 왔습니다만……."

루나의 눈빛이 반짝였다. 김갑진은 크게 한숨을 내쉬고는 인벤토리에서 무언가를 꺼냈다. 그것은 만화책과 노트북이었다. 루나가 감동한 눈빛으로 김갑진을 바라보자 김갑진은 헛기침을 하며 루나에게 그것을 내밀었다.

"고마워요, 김갑진 님! 역시 수석 프리스트다운 행동력이세요!"

"…이런 걸로 칭찬 받고 싶지는 않습니다만, 아무튼 되도록 이면 몰래 보세요."

루나의 부탁을 들어주면 신성 마법 계열의 스킬 포인트를 얻을 수 있으니 김갑진은 한숨을 내쉬면서도 들어주는 편이었다. 에르소나가 여신의 권위가 무너진다며 한소리 하고 있기는 하지만 이미 무너질 권위는 없었다.

루나가 행복한 미소를 지으며 만화책과 노트북을 품에 안았다. 지금 루나는 세상에서 제일 행복해 보였다.

김갑진이 헛기침을 하며 입을 떼었다.

"대신 다시 있을 이번 협상 때는 위엄 있는 모습을 보여주셔야 합니다. 연설문은 제가 작성할 테니 연습을 좀 해주세요. 참고로 에르소나 님이 검사하신답니다."

"네? 네에? 에, 에르소나 님이요? 김갑진 님이 봐주신다고 했잖아요!"

"죄송합니다. 그렇게 되었습니다."

"…절 배신하셨군요."

루나가 시무룩해지자 김갑진은 자신의 신성력 랭크가 하락하는 것을 느꼈다. 루나의 기분에 따라서 받을 수 있는 신성력이 줄어들거나 늘어났다.

"대신 노트북 사용법을 알려드릴 테니까 기분 푸세요. 아인트 님에게 부탁해 어떻게든 전력을 연결시켜 보겠습니다."

"그 와이파이라는 것도요?"

"…알겠습니다. 노력해 보겠습니다."

"역시 수석 프리스트님이세요. 그야말로 난세의 등불이시네요."

"하아, 그러네요. 하, 하하."

루나의 기분이 다시 좋아지자 김갑진의 온몸에 신성력이 넘쳐흐르기 시작했다.

루나의 기분을 관리하는 것도 수석 프리스트인 김갑진의 역할이었다. 그래야 신성 마법을 익힌 여러 신관들이 큰 힘을 발휘할 수 있었다.

'아, 교황 때가 좋았지. 그립구나, 그리워.'

그때의 루나는 여신다운 모습이었다. 몇 마디 하지 않고 위엄 있는 표정으로 좌중을 압도했다. AI이기 때문에 단순한 패턴을 보여 그런 것이었지만 말이다.

아무튼 김갑진은 스트레스를 받고 있었다. 루나의 기뻐하는 모습을 보면 그런 스트레스가 사라지다가도 돌아가면 머리가 아픈 그런 상태였다.

역시 프리스트라는 것은 극한 직업이었다.

'루나 님이 이 정도인데 앞으로 나타날 마탑의 꼰대들은 어떨까.'

김갑진은 아인트를 떠올리며 위안을 삼아야 했다. 아인트는 좋게 말해서 불의 엘더, 마탑의 대리자이지 사실상 마탑 장로들의 심부름꾼에 가까웠다. 김갑진은 찬란하던 과거를 회상하며 우울해지기는 했지만 아인트를 생각하며 마음의 위안을 삼고 있었다.

루나는 잠시 김갑진을 바라보다가 품에 있는 것들을 내려놓고 입을 떼었다.

그녀의 표정은 사뭇 진지했다.

"김갑진 님."

"예, 말씀하세요."

"사랑이 무엇일까요?"

"네?"

김갑진은 이게 또 무슨 괴상한 소리인가 싶어 아파오는 관자놀이를 꾹꾹 눌렀다. 더더욱 넘치기 시작한 신성력이 느껴지니 어떻게 답해줘야 할지 난감해진 김갑진이다.

"아, 그게, 음, 어……"

김갑진은 결코 대답할 수 없었다.

그 역시 모태솔로였기 때문이다.

*   *   *

신성은 몇 시간 동안 그 자리에서 조합을 했다. 스킬 포인트가 자연스럽게 쌓였고 끝내 랭크 하나를 올릴 수 있었다.

신성이 연금술의 랭크보다 더 소중하게 생각하는 것은 완성된 아이템이었다.

수북하게 쌓여 있던 재료들이 어느덧 많이 사라졌고 봇짐에 충분히 들어갈 정도가 되었다. 신성은 인벤토리를 채우고 있는 캐시 아이템들을 바라보며 미소 지었다.

'실패도 많았지만 그래도 이 정도면 성공적이야.'

예상한 것처럼 조합 성공률은 대단히 낮았다.

[E]랭크의 행운 수치가 있음에도 말이다. 하지만 워낙 재료를 많이 보유하고 있었기에 빛나는 강화석 15개와 안전기원석 5개, 마력의 황금 가루 5개를 만들어낼 수 있었다. 재료에 쓰이지 않는 다른 부산물은 아직도 인벤토리와 텐트를 가득 채우고 있었지만 충분히 가져갈 만한 양이다.

신성은 인벤토리에서 영롱한 빛을 내뿜고 있는 캐시템들을 바라보았다. 보는 것만으로도 마음이 든든해졌다. 몇 개는 직접 사용할 생각이고 나머지는 팔아서 자금을 마련할 생각이었다. 마석 공략을 앞둔 지금이라면 엄청난 값에 팔 수 있을 것이다. 비록 많은 시간과 재료가 들어 준비가 필요했지만 언제든 만들어낼 수 있기 때문에 아까워할 필요는 없었다.

'세이프리의 대리자라는 것을 이용한다면……'

루나와 연계해서 재료 수집 퀘스트를 통해 재료를 모은 다음 캐시 아이템을 만드는 방향도 생각 중이다. 앞으로 세이프리 소속 아르케디아인들이 몬스터를 사냥하면 할수록 세이프리에 경험치가 쌓이게 될 것이다.

그렇게 쌓인 경험치를 퀘스트를 통해 재료와 바꾸는 방법이지만 세이프리는 현재 경험치보다 자금이 더욱 필요하니 나쁘지 않은 방법이었다. 물론 벌어들이는 수입을 세이프리와 나눠야 하겠지만 재료를 직접 모으러 다니는 것보다는 훨씬 나을 것이다.

'진정하자. 아직은 시기상조이니까.'

신성은 흥분되는 마음을 가라앉히며 자리에서 일어났다. 그 순간 휴대용 조합기가 박살 나며 가루가 되어버렸다. 아예 먼지가 되어버렸는데 그 형체조차 알아볼 수 없었다.

이제 마석이 개방되기까지 한 시간 정도 남은 시점이다.

'슬슬 보스 몬스터를 잡아야겠어.'

한 시간이면 보스 몬스터를 잡기에 충분했다.

이제 더 이상 이 던전에서 얻을 수 있는 것은 없었다. 마지막으로 남은 것은 보스가 드롭하는 보스 전용 아이템을 획득하는 일뿐이었다.

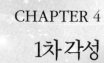

CHAPTER 4

1차 각성

보스 몬스터를 잡으면 던전이 완전히 리셋이 되게 된다. 리셋이 될 경우 비활성 마석의 경우에는 던전 내용물 자체가 달라지기도 하는데 여러 가지의 던전 콘텐츠를 즐겨보라는 개발사의 의도였다. 때문에 비교적 사냥이 쉽고 경험치를 많이 주는 선호 몬스터가 있는 던전의 경우에는 고의적으로 보스 몬스터를 잡지 않기도 했다. 리셋이 된다면 던전이 바뀌게 되어 이곳의 경험치 수치가 조정되기 때문이다.

과거에 던전을 클리어하지 않고 관리하는 행위는 빈번하게 일어났다. 주로 대형 길드에서 관리했는데 사냥터를 무력으로 독점하여 입장료를 받았고 보스방에 가지 못하게 경비까지 섰다.

신성은 그런 곳들을 박살 내는 것을 즐겨했다. 보스를 잡아 던전을 리셋시키면 대형 길드들이 던전 안에 설치해 놓은 각종 편의 시설이나 수비형 오브젝트들 역시 사라지게 되는데 신성은 그것들을 철수시킬 시간을 주지 않았다.

때문에 막대한 피해를 입은 여러 대형 길드는 신성이라면 치를 떨었다. 그래서 붙은 별명이 바로 악신이었다.

신성은 게임을 사랑했다. 유일하게 따듯함을 느낀 그곳이 더럽혀지는 것을 원하지 않았다. 때문에 게임에 악영향을 주는 모든 것들을 박살 냈던 것이다.

중국 서버에서 건너온 유저들이 만든 작업장도 신성의 손아래 모두 사라졌다.

부수고, 박살 내고, 추적해서 죽였다. 상대의 레벨이 복구 불가 수준으로 떨어질 때까지 멈추지 않았다. 신성의 그런 활약이 아르케디아 온라인의 티저 영상으로까지 만들어질 정도였다.

'광고료로 받은 돈 역시 모두 현질했지.'

신성은 막강한 지갑 전사였다. 월세와 최소한의 생활비만 빼놓고는 모두 게임에 투자했다. 가만히 있어도 대기업 연봉 정도는 벌었는데 그가 사냥터를 독점하거나 앵벌이를 하는 등 돈을 벌기 위한 마음만 먹었다면 몇 십억 대 연봉은 아무 것도 아니었을 것이다.

그러나 그는 그렇게 하지 않았다. 모험을 즐기고 각종 공략을 즐겼다. 그가 순수하게 게임만을 즐긴 것은 아르케디아 온라인이 너무나 아름다웠기 때문이다. 그에게 있어서 그곳은 또 다른 현실이었다. 아니, 현실 그 이상이었고 유일한 마음의 안식처였다.

그런데 그곳이 이제 현실이 되었다.

신성에게 있어서 지구와 아르케디아가 합쳐진 지금의 세계는 절망과 희망, 그리고 고통과 행복이 겹치는 묘한 곳이었다.

＊　　　　＊　　　　＊

신성은 리젠되기 시작한 몬스터들을 무시하며 마석의 수호자, 즉 보스몹이라 불리는 몬스터가 있는 보스방을 향해 나아갔다. 정예 몬스터는 신성과 눈이 마주치기 무섭게 달아나거나 그 자리에서 굳어버렸다.

드래곤 피어의 능력은 정예 몬스터에게까지 작용하고 있었다. 보스 몬스터라면 어느 정도 상쇄시킬 능력은 있을 것이다.

'저기로군.'

숲으로 이루어진 2층 끝에 커다란 문이 있었는데 제법 그럴듯한 위용을 뽐내고 있었다. 커다란 문에는 이 던전에서 나오는 몬스터들이 조각되어 있었는데 문을 중심으로 마력이 흘러나와 던전에 깃들고 있었다.

신성은 이 비활성 마석을 지배하는 보스 몬스터의 이름을 이미 알고 있었다.

"골드레빗."

초반 레벨의 보스 몬스터이기는 하지만 메인 퀘스트가 진행되는 마석이 아닌 비활성 마석이니 그리 강력한 편은 아니었다. 그러나 골드라는 이름이 붙는 만큼 보상은 짭짤한 편이었다.

신성이 보스방의 문에 손을 대자 마력이 일렁이며 진동하기 시작했다.

신성은 거기서 멈추지 않고 힘 있게 문을 밀었다. 그러자 거대한 문이 기이한 소음을 내면서 안쪽으로 천천히 열렸다.

두드드드드!

연출은 게임에서 본 것보다 훨씬 웅장한 편이었다. 느껴지는 진동과 날리는 먼지, 그리고 숲에서부터 날아가는 새들은 이곳이 현실임을 다시 한 번 깨닫게 해주었다.

신성은 가볍게 몸을 풀고 안으로 들어섰다.

아무것도 보이지 않는 방 안에 신성이 들어오자 주변에 있던 수정에서 빛이 뿜어져 나오며 밝아졌다. 마치 냉장고 안에 들어온 것 같은 차가운 한기가 느껴졌다. 내쉬는 숨을 따라 기이한 푸른빛이 감도는 입김이 묻어 나왔다.

전체적으로 고대 유적지 같은 느낌이었는데 결코 좁은 방은 아니었다. 넓은 공간에 여기저기 나무가 솟아 있고 풀이 자라 있어 꽉 찬 느낌이 들었다.

보스의 모습은 보이지 않았다. 보스 대신 넓은 공간을 차지하고 있는 호수가 보였다.

매우 깨끗한 물이었는데 신기하게도 푸른빛이 감도는 얼음이 둥둥 떠다니고 있었다. 얼음 속성의 마력이 흐르고 있는 호수였다.

"역시 여기 있었군."

신성의 형태와 위치는 제법 달라져 있기는 하나 신성의 기억대로 보스방에 얼음 호수가 존재했다.

[연구 가치가 있는 얼음 호수를 발견하였습니다.]
[최초의 발견자로 감정 정보를 아르케 넷에 등록할 수 있습니다. 습득한 정보에 대한 유료 열람 등록이 가능합니다.]

아르케디아 온라인에는 정보상이라는 것도 존재했다. 이처럼 가치가 있는 정보들을 등록하여 돈을 받는 것이다. 아르케 넷에 등록해서 유료 결제를 유도하거나 오프라인으로 정보를 사고팔기도 했다.

아르케 넷에 등록하게 되면 상당 기간 동안 유료 결제를 유도하여 짭짤한 수입을 올릴 수 있었다. 어쨌든 나중에는 정보가 퍼지면서 공개되기는 하겠지만 말이다.

아무튼 최초의 발견자로 이름을 남기는 것도 여러 유저들이 탐내는 일이었다.

'닉네임을 정해서 등록하면 되겠군.'

자신의 이름으로 등록하고 싶지는 않았기에 신성은 완전히 다른 닉네임을 입력해서 등록하기 시작했다. 그러다가 피식 웃고는 닉네임을 입력했다.

'노출광 하이엘프 E.S'

신성은 닉네임을 적었다.

에르소나가 눈치챘다면 무표정한 얼굴이 크게 일그러질 것이다. 직접적인 언급은 안 했으니 모르고 지나칠 수도 있겠지만 말이다.

노출광 하이엘프라는 말은 신성을 상대하기 위해 엘프족 최고의 방어구인 왕혈의 갑옷을 입고 온 에르소나에게 신성이 한 말이다. 그때 당시 신성은 그다지 친절하지 못했는데 상당히 과격한 언행을 자랑했다.

왕혈의 갑옷은 [SS]랭크였고 엄청난 방어력을 자랑했지만 아르케디아 온라인에서는 여성 방어구의 경우 방어력이 높은 만큼 노출이 심해지는 괴상한 시스템이 존재했다. 개발자가 변태라는 말이 나돌 정도였다. 게다가 주요 부위에 입힌 캐시 스킨이 유효하게 작용하여 더욱더 노출이 부각되었다.

'몸매는 대단했지만 뭐… 그녀 입장에서는 나름 흑역사인 가.'

그래도 신성에게 일 대 일 결투를 신청했을 당시에만 입은 갑옷이었으니 다른 이들은 몰랐다.

아무튼 신성은 닉네임 등록을 마치고 얼음 호수에 대한 감정을 끝마쳤다.

[자원] [F+] 얼음 호수

빙(冰) 속성을 지닌 기묘한 호수. 그 영향으로 호수에는 희귀한 물고기들이 산다고 알려져 있다. 빙 속성 어류는 시원한 맛이 일품이라 주로 요리 재료로서의 가치를 지닌다.

*주요 출몰 어류 : [F] 오색빙어, [F-] 투명잉어, [F] 얼음물장어, [F+] 황금잉어(유료 결제 후 어류 정보 열람 가능)

*최초 발견자 : 노출쾅 하이엘프 E.S(가명)

신성이 고개를 끄덕이며 얼음 호수를 바라볼 때였다. 위에서 느껴지는 기척에 고개를 들어 바라보았다. 거대한 무언가가 얼음 호수의 중앙으로 떨어져 내리고 있었다.

그것은 마치 황금으로 된 거대한 공과도 같은 모습이었다.

콰아아아아!

거대한 황금 공이 얼음 호수에 떨어져 내리자 물결이 사방으로 밀려나며 물기둥이 치솟았다. 신성은 자신을 향해 파도처럼 밀려오는 물을 바라보다가 그대로 검을 뽑았다.

샤아아아!

관통 베기를 시전하자 화염 속성이 담긴 검풍이 덮쳐오는 물을 그대로 증발시켰다. 수증기가 안개처럼 주변에 넘실거렸다. 얼음 속성을 지닌 물이었기에 수증기는 얼음 가루로 변하며 바닥에 떨어져 내렸다.

퍼더더더덕!

신성의 주위로 물고기들이 쏟아져 내렸다. 얼음 호수에 있던 물고기들이 치솟는 물줄기의 영향으로 밖으로 튕겨져 나온 것이다.

급박한 순간에도 신성은 금빛을 뿜어내고 있는 황금잉어와 랭크가 달린 물고기들을 그대로 인벤토리 안에 넣었다. 하나하나가 귀중한 재료이기 때문이다.

"쿠어어어어어!"

울부짖는 소리와 함께 주변이 진동했다.

출렁이는 호수 아래에서 무언가 치솟아 신성의 앞으로 날아왔다. 아르케디아 온라인 시절에는 없던 그럭저럭 봐줄 만한 연출이었다.

초반 보스 몬스터치고는 말이다.

신성은 자신의 앞에 떨어진 거대한 보스 몬스터를 바라보았다.

윤기가 있는 황금색 털 뭉치가 보인다.

마치 커다란 복숭아 같은 모습이었는데 점차 몸을 일으키기 시작했다. 웅크리고 있던 몸이 펴지고 신성을 향해 고개를 돌렸다.

"꾸우?"

"……."

상당히 귀여워 보이는 얼굴이었는데 신성과 눈이 마주치자 헛기침을 하기 시작했다.

"크음! 흠흠! 쿠어어어어!"

그러더니 다시 보스 몬스터답게 울부짖었다.

귀여운 토끼의 얼굴이 급격히 일그러지며 사나운 늑대 형상과도 비슷한 모습으로 바뀌었다.

"쿠오오오오!"

보스 몬스터가 울부짖자 충격파가 뿜어져 나가며 주변에 있던 돌들을 날려 버렸다. 호수의 물결도 사방으로 튀며 얼음이 되어 떨어졌다.

마석의 수호자.

보스 몬스터 골드레빗은 대단히 위협적인 분위기를 풍기고
있었다.

18Lv

마석의 수호자

[F+] 골드레빗(보스)

초록 숲과 광맥의 지배자.

황금빛 털이 인상적인 보스 몬스터이다. 빅 베어의 몇 배나
되는 내구력을 지녔다. 육중한 체구에서 나오는 힘은 초보 레
벨의 파티를 단번에 전멸시킬 정도로 대단하다.

*드롭 아이템 : [F+] 속성 보석(랜덤), [F+] 행운의 마력 코인
상자, [F+] 직업 무기 상자(레어), [F+] 직업 방어구 상자(레어),
[F+] 중급 마정석, [F+] 초보용 황금 가방

신성은 그런 분위기에 전혀 지장을 받지 않았다. 그저 꼼
꼼히 골드레빗을 살펴볼 뿐이었다.

아이템도 아이템이지만 신성은 찬란하게 빛나는 골드레빗
의 털에 시선이 갔다. 저것을 자신의 집에 카펫으로 깔아놓
는다면 대단히 멋진 분위기가 형성될 것 같았다.

연금술로 각종 속성을 부여한다면 여름에는 시원하고 겨울에는 따듯한 고급 이불로도 쓸 수 있을 것이다. 아니면 망토나 로브로 만들어서 써도 괜찮을 것 같았다.

"쿠어어어어어!"

골드레빗의 울부짖음이 계속되었다.

그것은 마력과 함께 기백을 방출하는 보스 전용 스킬이었다. 그 압도적인 기백에 제압당한 자는 각종 디버프에 걸리게 된다.

입에서 뿜어져 나오는 마력과 기백이 신성의 주변을 뒤흔들었지만 신성은 전혀 흔들림이 없었다. 마력 스킨이 그러한 해로운 것들을 모두 막아주고 있었기 때문이다.

'이런 식이군.'

드래곤의 눈에 골드레빗의 마력 술식이 보였다. 단순한 울부짖음이 아닌 마법 효과를 지닌 스킬이었기에 마력 술식이 있는 것이다.

[드래곤의 눈으로 마법 술식을 해석하였습니다.]
[어둠의 용언 마법에 새로운 마법이 추가되었습니다.]

*[E-] 다크 하울링
드래곤의 기백을 담은 포효. 상대에게 공포를 부여한다.

암흑 속성이 담긴 드래곤의 포효는 죽은 자의 혼백을 지배한다고 알려져 있다.

소모 마력 : 100MP.

신성은 숨을 들이시며 골드레빗을 바라보았다. 그러자 신성의 목에 조그마한 마법진이 떠올랐다. 마법진이 점점 커지더니 신성의 정면을 가득 채울 정도가 되었다.

골드레빗이 이상함을 감지하고 울부짖는 것을 멈추는 순간이었다.

콰가가가가가가가!

신성의 입이 벌어지며 마치 하늘이 찢기는 듯한 굉음이 터져 나갔다. 골드레빗과는 비교도 할 수 없는 진동이 주변을 뒤집어놓았다.

휘몰아치는 마력의 충격파를 그대로 얻어맞은 골드레빗이 그대로 굳어버렸다. 벌어진 입을 다물 수조차 없었다. 가지런하던 황금빛 털이 마구 엉키며 모조리 뒤로 밀려났다.

"따, 딸꾹!"

골드레빗은 딸꾹질을 하며 움직일 생각을 하지 못했다.

누가 보더라도 이곳의 보스 몬스터는 신성으로 보였다.

신성은 잔뜩 겁을 먹고 딸꾹질을 하고 있는 골드레빗을 바라보았다. 골드레빗의 동그랗게 떠진 눈동자에는 혼란과 공포가 가득했다.

"뀨우?"

신성은 거대하게 벌어진 입을 손을 뻗어 잡았다. 골드레빗
은 그제야 당황해하며 눈을 깜빡였다. 신성은 마치 치과의사
라도 된 양 골드레빗의 입안을 유심히 바라보았다.

"이빨도 금색이네. 게임에서는 뽑을 수 없었는데 지금은 가
능하겠지. 세공해서 장식품으로 쓰면 딱 좋겠어."

"뀨, 꾸우……?"

"음, 송곳니는 단검으로 만들면 쓸 만할 것 같은데. 역시 버
릴 게 하나도 없군."

드래곤의 눈으로 골드레빗을 살펴보니 견적이 나왔다. 현재
의 마력 도축 랭크로도 충분히 뽑아낼 수 있을 것이다.

골드레빗은 신성의 차가운 눈빛에 몸을 움찔거리더니 빠르
게 입을 털어내며 뒤로 물러났다. 골드레빗이 분명 이 마석을
지배하는 보스 몬스터인데 그런 위엄은 이미 사라지고 없었
다.

'다 뽑아가야겠어.'

반짝이는 것을 보니 욕심이 나기 시작했다. 본래 아이템에
대한 욕심이 있었지만 드래곤의 피가 강해졌기 때문인지 더
더욱 그러한 성향이 강해진 것 같았다. 그러나 신성은 긍정적
인 부분이라 생각했다. 이런 부분도 자신의 전력을 강화하는

데 도움이 될 것이다.

아이템은 많을수록 좋았다. 신성의 차가운 눈빛에 일렁거리는 탐욕이 골드레빗의 전신을 소름 끼치게 만들었다.

골드레빗은 그래도 보스 몬스터였다. 신성에게 받은 공포를 털어내려 스스로 광폭화 스킬을 시전했다. 공격력이 늘어나는 대신 이성적인 판단이 어려워지고 방어력이 깎이는 스킬이었다.

골드레빗의 주변으로 마력이 휘몰아쳤다.

"쿠어어!"

골드레빗이 신성을 향해 달려들었다. 아니, 굴러왔다.

거대한 몸을 웅크리더니 마치 튕겨져 나가는 공처럼 신성에게 돌진한 것이다. 신성은 드래곤의 눈으로 골드레빗을 바라보았다. 대략적으로 공격 랭크가 가늠되었다. 본래 [F+]랭크 정도의 공격력이었지만 현재는 [E-]랭크를 넘어서고 있었다.

분명 위력적이었지만 단순한 공격이었다. 이런 공격이라면 일부러 맞아주기도 힘들 것이다. 신성이 살짝 옆으로 피하는 순간 골드레빗의 몸이 신성을 지나치며 벽에 부딪쳤다.

콰아아아앙!

벽이 무너져 내리며 먼지가 치솟았다. 골드레빗이 벽에 부딪쳐 해롱거리기 시작했다. 그러다가 빠르게 몸을 일으키더니 공중을 향해 크게 점프했다. 천장에 박혀 있는 빛나는 수정을 거대한 몸체가 가리자 주변이 순식간에 어두워졌다.

휘이이익!

골드레빗의 몸에 마력이 휘감기며 신성을 향해 마치 유성처럼 꽂혀 내려오기 시작했다. 신성이 옆으로 피하자 그 자리에 골드레빗의 몸이 꽂혀들어 갔다.

콰아아앙!

거대한 충격이 지면을 뒤흔들었다. 바닥에 있던 돌들이 공중으로 치솟으며 지면이 파도쳤다. 신성은 균형을 잡으며 자신이 있던 곳을 바라보았다. 그곳에는 커다란 구멍이 뚫려 있었는데 골드레빗이 땅을 뚫고 지하로 파고들어 간 흔적이다.

'공격 패턴은 비슷하네. 현실이 되어 순서는 바뀌었지만 공격 능력에는 큰 차이가 없어.'

방금 그것들이 골드레빗의 스킬이었다. 스킬이니만큼 아르케디아 온라인의 시절과 큰 차이를 보이지 않고 있었다. 평범한 공격이라면 차이가 있겠지만 큰 기술은 똑같았다.

신성은 아래를 바라보았다. 골드레빗은 땅 밑에 숨어서 커다란 뒷다리를 차올리는 방식으로 대미지를 가했다.

위력은 다소 떨어졌지만 [F+]랭크의 공격력을 지니고 있었고, 마력을 머금고 있어 초보 레벨의 딜러들은 버틸 수가 없을 것이다.

드래곤의 눈에 땅 밑에서 요동치는 마력이 포착되었다. 신성이 뒤로 물러나자 골드레빗의 커다란 뒷발이 바닥을 뚫고 튀어나왔다.

수욱! 콰앙!

충격파가 뿜어져 나갔지만 신성에게는 타격이 전혀 없었다. 직격한다고 하더라도 마력 스킨이 깨질 공격은 아니었다. 신성은 최소한의 움직임만 보이며 바닥을 뚫고 올라오는 뒷발을 피했다.

대충 공격 패턴이 보이고 공략의 견적이 나왔다. 역시 초반 보스 몬스터이다 보니 그다지 번거로운 공격 능력은 아니었다. 신성은 드래곤의 눈으로 땅 밑을 바라보다가 뒤로 피하며 검을 뽑았다. 그리고 앞을 향해 뻗었다.

"배쉬!"

수욱! 콰앙!

화염이 섞인 검풍이 뿜어져 나가는 순간 골드레빗의 뒷발이 치솟았다. 그 결과 배쉬가 자연스럽게 골드레빗의 뒷발을 훑고 지나갔다.

"쿠어어어!"

골드레빗이 고통 섞인 비명을 내지르며 땅 위로 튕겨져 나왔다. 발에 붙은 불을 끄려 바닥을 굴러다니다가 신성을 노려보며 몸을 웅크렸다.

굳이 치열하게 공방을 주고받을 필요는 없었다. 신성이 손을 뻗자 순식간에 마법진이 그려졌다.

"다크 애로우."

골드레빗이 몸을 굴리며 진격해 오는 순간 다크 애로우가 골드레빗에게 작렬했다. 궤도가 틀어지며 신성의 옆을 스쳐 지나갔다. 신성은 거리를 벌리며 계속해서 다크 애로우를 골드레빗에게 박아 넣었다.

보통의 마법사라면 불가능한 일이었다. 무빙 캐스팅이 가능한 것은 3차 각성 이후였다. 그마저도 캐스팅 시간이 길어져서 효율이 떨어졌다. 초반 레벨의 마법사는 캐스팅 시간에는 아무것도 하지 못했는데 그사이 공격을 받으면 무기력하게 죽을 수밖에 없었다. 그렇기에 파티 사냥은 필수였다.

그러나 신성은 그러한 제약이 없었다. 시동어만 외우면 되었기에 아무런 제약 없이 빠르게 거리를 벌리며 마법을 난사할 수 있었다. 휴먼족이 최종 진화한 엘더조차 불가능한 일이었다.

"쿠, 쿠어어!"

다크 애로우는 파괴력이 떨어지는 대신 치명적인 맹독을 품고 있었다.

맹독 속성은 보스 몬스터인 골드레빗에게도 치명적으로 작용했다. 아무리 정예 몬스터의 몇 배나 되는 체력과 내구를 지니고 있어도 마법 저항력, 그리고 독 저항력이 없다면 무용

지물이었다.

골드레빗의 움직임이 현저하게 느려졌다. 다크 애로우에 맞을수록 골드레빗의 주변에 검은 기류가 형성되고 있었다. 암흑 속성이 중첩되며 더욱 큰 대미지를 주고 있는 것이다.

이것이 암흑 속성이 가지는 무시무시한 파괴력이었다. 예전 아르케디아의 많은 플레이어가 패널티를 안고서도 연구하며 습득하려고 하는 이유이기도 했다. 지속적으로 들어가는 도트 대미지에서는 화염 속성을 크게 앞지르고 있었다. 드래곤 하트에 부담이 될 정도로 마력 소모가 극심한 편이기는 하지만 말이다.

신성은 골드레빗과 싸워주지 않으며 이리저리 피하며 기다렸다. 세이프리 하급 검법으로도 충분히 골드레빗과 좋은 일전을 벌일 수 있었지만 그럴 필요가 없었다.

"쿠어어!"

골드레빗이 두 앞발을 들었다. 다음 페이즈로 넘어갈 때 보이는 골드레빗의 필살기가 발동하고 있는 것이다.

황금 강타.

그것이 골드레빗의 필살기였다.

두 손에 떠오른 마법진이 신성의 눈에 포착되었다. 드래곤의 눈이 마법진에 떠오른 마법 술식을 순식간에 해석해 버렸다.

[드래곤의 눈으로 마법 술식을 해석하여 흡수하였습니다.]

[어둠의 용언 마법에 새로운 마법이 추가됩니다.]

*[E-] 다크 웨이브

두 앞발이 지면을 강타하는 순간 진동이 터져 나가며 바닥이 위로 솟구쳤다. 필살기답게 [E-]랭크를 넘어서는 공격이 신성을 향해 몰아치고 있었다.

'받아쳐야겠어.'

필살기를 상쇄시킨다면 상대는 더욱 큰 대미지를 입게 된다. PVP에서 필살기는 상대를 확실히 죽일 수 있는 무기이기는 하지만 적이 필살기에 대해 완전히 파악하고 있다면 큰 위험을 감수해야 한다. 필살기에는 서로 상극이 있기에 아르케디아 플레이어들은 자신이 무슨 필살기를 지녔는지 웬만해서는 공개하지 않았다.

신성은 충분히 받아칠 만한 능력이 있었다. 제일 좋은 방법은 브레스를 쓰는 것이지만 그렇게 한다면 골드레빗은 그대로 녹아버려 윤기 나는 황금 털이나 다른 부산물이 그대로 사라지게 될 것이다.

'검과 혼합하여 쓴다면…….'

즉흥적인 생각이기는 하지만 효과는 있을 것이다. 신성은 자신의 유니크 검을 들고 다크 웨이브를 시전했다. 유니크 검에서 치솟던 화염이 점차 검게 변하면서 주변을 어둡게 만들기 시작했다.

검 주위에 떠오른 마법진이 스산한 기류를 뿜어냈다.

"배쉬."

검을 아래로 베자 배쉬가 뻗어 나감과 동시에 다시 올려 베었다.

"다크 웨이브!"

어둠의 기류를 머금은 충격파가 몰아쳤다. 화염이 다가오는 충격파와 부딪치는 순간 지면을 뒤흔드는 어둠이 작렬했다.

콰가가가가가!

두 속성의 조합 효과는 폭발이었다. 골드레빗의 필살기가 그대로 허무하게 상쇄되어 버렸다. 그뿐만 아니라 밀어닥친 폭발이 골드레빗을 그대로 뒤로 팅겨나가게 만들었다. 속성 조합은 레이드 공략에 자주 쓰이는 공격 방법이다. 보통 두 속성을 동시에 지니고 있지 않았기에 파티 단위에서 자주 나오곤 했다. 속성 조합은 위력적인 시너지 효과를 내기도 하지만 오히려 위력을 감소시키고 아군에게 피해를 입힐 수 있는 양날의 검이기도 했다. 타이밍과 마력 배합이 무척이나 중요했다.

신성에게는 드래곤의 눈이 있기에 실패 따위는 생각하지 않아도 되었다.

치이익!

신성은 자신의 검이 벌겋게 달아오른 것을 발견했다. 내구도가 왕창 깎인 것이 분명했다.

"크어어!"

간신히 비틀거리는 몸을 유지하고 있던 골드레빗이 마지막 힘을 짜내어 신성에게 달려들었다. 스킬을 시전할 체력조차 없는지 마구잡이로 뛰어오고 있었다. 사납게 일그러진 입이 크게 열리며 신성을 먹어치우려 했다. 제대로 물어버린다면 신성의 상반신은 그 자리에서 사라질 만큼 골드레빗의 입은 컸다.

신성은 잠시 골드레빗을 바라보다가 주먹을 쥐었다.

신성의 주먹이 골드레빗의 목구멍에 그대로 꽂혔다.

골드레빗이 입을 그대로 다물며 신성의 팔을 물어뜯으려 했지만,

팅티티티팅!

스파크만 튈 뿐이다.

일반적인 공격으로는 마력 스킨을 결코 뚫을 수 없었다. 신성과 골드레빗의 눈이 마주쳤다. 신성의 입가에 미소가 서리는 순간, 골드레빗은 무언가 잘못되었음을 직감했다. 하지

만 이미 너무 늦어버렸다.

"다크 애로우."

골드레빗의 입안에서 그대로 다크 애로우가 터져 나갔다.

"꾸에엑!"

골드레빗의 눈이 돌아가며 비틀거리는 순간, 신성은 골드레빗의 머리 위로 뛰어올랐다.

드래곤 하트에 남아 있는 마력이 주먹에 집중되기 시작했다.

콰앙!

골드레빗의 머리를 향해 그대로 주먹을 꽂아 넣었다. 순도 높은 마력으로 인해 푸른 물결이 주변으로 퍼져 나갔다.

골드레빗의 육중한 몸이 그대로 축 늘어졌다. 보스 몬스터가 허무하게 쓰러져 버린 것이다.

두드드드드드!

던전 전체가 울리기 시작하더니 곳곳에서 푸른 빛무리가 뿜어져 나오며 신성을 향해 요동쳤다.

[스타일리쉬 처치 보너스!]

[검과 마법의 향연! 인상적인 피니쉬!]

*판정 E+!

*경험치×130%

스타일리쉬 처치라는 보너스가 떠올랐다. 습득 경험치의 배율을 높여주는 보상이 있었다. 어떻게 멋지게 처치하는지에 따라서 보상이 높아지는 것 같았다.

드래곤은 과시하는 것을 좋아하는 종족인 것이 확실했다.

신성은 손상되지 않은 골드레빗의 가죽을 보며 미소 지었다. 다리 부분이 그을리기는 했지만 그 부분은 황금 털이 아닌 단단한 가죽으로 덮여 있으니 상관없었다.

신성이 경험치를 확인하기 위해 정보창을 확인하는 순간이다.

[드래곤의 힘으로 마석의 수호자를 토벌하였습니다.]
[마석의 수호자가 드래곤의 힘 앞에 굴복합니다.]
[드래곤의 피가 강해집니다. 용52 : 인 : 48]
[지배의 힘으로 '던전 코인' 작성이 완료되었습니다.]

신성의 앞에 몰려든 빛무리가 뭉치더니 황금빛을 내뿜는 동전으로 바뀌었다. 동전의 표면에는 귀여운 토끼가 그려져 있었는데 골드레빗의 새끼일 적 모습이다.

[던전] [F+] 골드레빗의 던전 코인

드래곤의 힘으로 마석의 수호자를 굴복시킨 결과물. 드래곤이 품고 있는 지배의 힘은 던전마저 지배할 수 있다. 레어에 등록한다면 마석의 수호자를 통해 던전 작성이 가능하다. 정복한 던전의 내용물은 초기화되나 주요 자원과 몬스터는 던전 코인 안에 남아 있게 된다.

*드래곤 레어에 등록하여 던전 작성 가능(1차 각성 필요)

*마석의 수호자 필드 호출 가능(소유 던전 밖의 외부 호출 시 1Lv 성장,가능)

몬스터 정보(3/3)

1.골드레빗(보스)

2.큰 앞발 빅 베어(정예)

3.레드레빗(일반)

던전 정보

수호자 : [F+] 골드레빗(보스)

자원 : [F+] 얼음 호수, [F+] 하급 광맥

일꾼 : [F+] 큰 앞발 빅 베어(정예), [F+] 레드레빗

(일꾼 숙소 필요)

신성은 손에 들린 던전 코인을 바라보았다.

던전 코인 안에 마석의 수호자가 잠들어 있고, 마석의 수

호자가 지닌 던전 작성 능력으로 해당 던전을 다시 만들 수 있는 것이었다.

던전을 소유할 수 있는 것은 대단한 능력이었다. 대형 길드조차도 점거만 할 수 있을 뿐 소유할 수는 없었다. 아직 어떤 형식으로 이득을 취해야 할지 감이 오지 않았지만 신성은 찬란하게 빛나는 던전 코인이 무척이나 예뻐 보였다. 비록 아직 1차 각성을 하지 않아 레어에 편입을 시킬 수 없었지만 말이다.

'좋군.'

던전 코인 습득 외에도 소득은 많았다. 골드레빗은 경험치와 스킬 포인트를 무척이나 많이 주었다. 레벨이 잠겨 있어 레벨 업은 되지 않았지만 벌써부터 1차 각성이 기대되는 신성이다.

신성은 일단 마력 도축으로 골드레빗의 가죽과 부산물을 취한 후 드롭된 아이템을 확인했다. [F+] 직업 무기 상자(레어), [F+] 직업 방어구 상자(레어), [F+] 초보용 황금 가방이 드롭되어 있었다.

무기 상자나 방어구 상자는 오픈하게 되면 오픈한 플레이어의 직업에 맞는 아이템이 나왔기에 아르케디아 온라인에서는 가격이 꽤 나가는 편이었다.

'이건 팔아야겠어.'

신성은 상자는 팔아야겠다고 생각했다. 신성의 직업은 딱히 정해지지 않았기에 전사용 아이템이 나올 수도 있고 마법 사용 아이템이 나올 수도 있었다. 차라리 마력 코인으로 바꾸는 편이 나을 것 같았다. 어쨌든 레어 등급 확정이었기에 높은 가격이 기대되는 신성이다.

초보용 황금 가방은 인벤토리 용량을 크게 늘려주었기 때문에 무척이나 반가운 아이템이었다. 황금 가방을 인벤토리에 가져다 대니 인벤토리 용량이 확장되었다.

가장 값이 나가는 것은 속성 보석이었지만 그것에는 욕심이 전혀 없었다. 황금 가방이야말로 지금 신성에게는 딱 필요한 것이었다.

"그럼 나가볼까."

마석의 수호자가 잡혔으니 언제든 포탈을 열어 밖으로 나갈 수 있었다. 밖으로 나가게 되면 던전이 리셋되는데 신성은 마석이 사라질 것이라 예상했다. 던전 코인이 신성의 손에 들려 있기 때문이다.

아이템을 모조리 챙긴 후 신성은 던전 밖으로 이동했다. 던전의 몬스터들은 신성에게 접근조차 하지 않았다. 덕분에 아무런 장애 없이 마석 밖으로 나올 수 있었다.

마석은 신성이 나오자마자 푸른빛으로 변하며 사라졌다. 본래는 하루 더 이 자리에 있어야 했지만 신성이 마석의 수호자를 지배했기에 던전 자체가 사라진 것이다.

누구도 이곳에 던전이 있었다는 사실을 알지 못할 것이다.

'좋은 사냥이었다.'

피웅! 피웅!

주변에서 뛰어다니는 슬라임들이 눈에 들어왔다. 신성이 나타나자 후다닥 사라졌는데 이곳에 주둔지를 둔 것으로 보였다. 주변에서 가지고 온 쓰레기나 인위적인 물건들이 가득했다.

신성은 바로 세이프리로 향하는 포탈을 열었다. 앞으로 펼쳐질 일들이 무척이나 기대되는 신성이다.

*   *   *

세이프리로 돌아온 신성은 잠깐 휴식을 취한 후 바로 움직였다. 세이프리 대리자의 자격으로 열 수 있는 포탈은 바로 루나의 탑과 이어졌다.

루나의 탑은 세이프리의 중심이었기에 어디든 빠르게 갈 수 있는 장점이 있었다.

푹신한 침대에 누워 일주일쯤 자고 싶었지만 일단 1차 각성을 해놓는 것이 우선이었다. 메인 퀘스트의 중심이 되기 위해서는 20레벨의 제약을 빠르게 처리해야 했다.

1차 각성을 위해 두 가지 조건만이 남은 상태였다. 드래곤 레어와 드래곤 나이트였다.

'일단 레어부터 마련해야겠어.'

레어의 가격이 8KC였다. 8,000C라는 말이다.

과거에는 아무것도 아닌 가격이지만 지금은 무척이나 큰돈이다. 신성은 인벤토리에 있는 하급 마정석을 바로 마력 코인으로 바꾸었다.

조합의 재료로 대부분 소진한 탓에 남아 있는 하급 마정석은 별로 없었다. 하급 마정석 하나당 100C였는데 아슬아슬하게 기존에 있던 자금과 합쳐 8KC를 만들 수 있었다.

'전 재산이 다 들어가겠네.'

손이 부들부들 떨렸지만 어쩔 수 없었다. 그래도 값비싼 아이템이 잔뜩 있으니 돈은 충분히 벌 수 있을 것이다.

신성은 모험가 팔찌에 가져다 대며 수신 거부해 놓은 것을 풀었다. 그러자 메시지들이 빠르게 겹쳐지며 무수히 떠올랐다.

[새 메시지 120개]

"……."

따링!

[새 메시지 122개]

메시지가 계속해서 올라갔다. 이런 메시지의 세례는 신성에게 있어서 무척이나 낯설었다. 게임에서는 거의 이용하지 않던 기능이다.

신성은 메시지를 확인해 보았다. 루나를 나타내는 프로필 이미지가 제일 먼저 보였고, 그 밑에 붉은 하트 모양 안에 L.K라 쓰여 있는 프로필 이미지가 보였다. 김수정을 나타내는 이미지였다. 그리고 마지막으로 고양이 사진으로 된 이미지도 보였는데 이유리가 분명했다.

신성은 일단 루나에게 연락했다.

[앗! 신성 님, 어디 계세요?]

—탑에 있습니다.

휘이잉!

메시지를 보냄과 동시에 신성의 앞에 신성력으로 만들어진 문이 나타났다. 루나가 문을 열고 나오자 주변에 신성력이 휘몰아쳤다.

"신성 님!"

"안녕하십니까?"

"정말 오랜만이에요."

"그렇군요. 이틀만입니다."

"엄청 바쁘셨나 봐요? 세이프리를 위해서 힘을 내주시니 정말 기뻐요!"

신성 본인을 위한 일이었지 결코 세이프리를 위한 일이 아니었다. 그런 말이 나오려 했지만 신성은 그냥 고개를 끄덕였다.

루나가 눈을 반짝이며 신성을 바라보았다. 그녀의 얼굴에는 미소가 가득했다. 피곤한 기색이 역력했지만 눈빛만큼은 생기가 넘쳤다. 그녀가 웃음을 지을수록 루나의 탑에는 신성력이 치솟았다.

그녀는 이틀 동안 있던 일을 신성에게 말해줬는데 신성은 고개를 끄덕이며 묵묵히 들어주었다. 대화를 할수록 루나의 신성력이 신성에게 깃들며 육체와 정신적인 피로를 모두 날려주었다.

[버프] [D] 신성력의 세례
여신 루나의 애정이 듬뿍 담긴 신성력으로 인해 버프 효과가 나타났다. 그녀가 내뿜는 신성력은 육체와 정신에 좋은 영향을 준다.
*매력 : +50
*행운 : +50
*올 스텟 : +15
지속 시간 : 3일

루나가 의도하지는 않았지만 이런 버프가 걸리기도 했다.

루나는 하소연에 가까운 말을 한바탕 쏟아내자 후련해졌다는 듯 환한 미소를 지었다. 귀찮게 느껴지기는 했지만 상당히 귀여워 신성은 피식 웃고는 본격적으로 용건을 꺼내 들었다.

"루나 님, 저에게 주시기로 한 땅에 관한 이야기입니다만, 지금 주실 수 있습니까?"

"네, 가능해요. 지금 당장 출발하죠. 그런데 신성 마법은 언제부터 배우실 건가요?"

"일단 드래곤 레어를 구축하고 아이템을 처분한 뒤가 될 것 같습니다."

"네, 알겠어요. 준비하고 있을게요."

루나는 제대로 가르치겠다는 의욕이 넘치고 있었다. 그녀가 잠시 두 눈을 감더니 손을 휘저었다. 그러자 신성력으로 이루어진 포탈이 바로 앞에 생성되었다. 신성에게 주기로 한 부지로 향하는 포탈이었다.

루나와 함께 포탈을 통과하자 색다른 곳이 펼쳐졌다. 푸른 잔디가 깔려 있는 곳이었는데 주변에 나무들이 숲을 이루고 있었다. 중심가와는 많이 떨어져 있는 조용한 외곽이었다.

신성은 조용한 분위기가 마음에 들었다. 게다가 먼 곳을 바라보면 서울의 풍경이 그대로 보였다. 야경이 끝내줄 것이라는 확신이 들었다. 루나는 신성의 표정을 살피며 조마조마한 마음을 감추지 못했다.

"마음에 드는군요."

"정말요? 다행이네요. 중심가에 있는 땅을 드리고 싶었는데 죄송해요."

"아닙니다. 그런데 생각보다 넓군요. 이런 곳을 줘도 괜찮은 겁니까?"

"네, 성역에 속한 곳이긴 하지만 아무것도 없는 숲이니까요. 최대한 넓고 조용한 곳으로 골라봤어요."

신성은 다른 무엇보다 넓은 부지가 마음에 들었다. 그가 만족스러워하자 루나는 활짝 웃으며 그 자리에서 땅에 대한 권한을 신성에게 넘겨주었다.

[세이프리 동쪽 외곽 구역, 비밀의 숲의 소유자가 되었습니다.]

[C] 비밀의 숲

세이프리 동쪽 외곽 구역에 위치한 숲. 성역으로 지정되어 있어 일반인의 출입은 불가능하다. 왜 성역인지 루나는 모르고 있으나 여러 학자들의 연구에 의하면 비밀의 숲 구석에 있는 연못이 원인이라고 한다. 몰래 찾아온 미의 여신이 연못에서 목욕을 한 이후 성역이 발동되었다는 것이 가장 큰 힘을 얻고 있는 이론이다.

주의! 이 정보는 여신 루나가 보지 못하게 파기할 것.

소유자 : [세이프리의 대리자] 이신성

[레어 메뉴가 활성화됩니다.]

신성은 레어 메뉴를 눌렀다. 여러 레어가 떠올랐는데 그중에 신성이 살 수 있는 [F-] 드래곤의 초라한 벽돌집을 구매했다. 보유하고 있던 8KC가 사라지는 순간 신성은 굉장한 허전함을 느꼈다. 1차 각성 퀘스트에 이러한 돈을 지불하는 종족은 신성밖에 없을 것이다.

신성이 초라한 벽돌집을 누르자 벽돌집의 실루엣이 눈앞에 나타났다. 서양의 시골에나 있을 법한 모양의 집이었는데 생각보다 컸다.

'숲의 중심이기도 하니 여기가 좋겠어.'

신성이 손을 뻗으며 이리저리 위치를 조작하여 비밀의 숲 중앙에 벽돌집의 실루엣을 놓았다.

휘이이이이!

그러자 밑에서 거대한 마법진이 생성되더니 빛무리와 함께 벽돌집이 소환되기 시작했다. 마치 밑에서 올라오는 것처럼 벽돌집이 천천히 모습을 드러냈다.

신성은 동화 속에 들어온 것 같은 느낌을 받았다. 아늑해 보이는 벽돌집은 주변의 숲과 상당히 잘 어울렸다. 당장에라 도 요정이 나올 것 같은 분위기다.

'요정 대신 여신이 있긴 하지.'

마법진이 사라지자 다시 비밀의 숲은 조용해졌다.

[비밀의 숲이 드래곤의 숲으로 바뀌었습니다]

[-] 성역→[C] 금역
[성역에서 금역으로 바뀌어 관계자 이외의 출입이 금지됩니 다. 무단 침입 시 세이프리에서 불이익을 받게 됩니다.]

"드래곤의 마법은 역시 대단해요!"

루나가 눈을 반짝이며 벽돌집을 바라보았다.

신성은 벽돌집 안으로 들어섰다. 벽돌집의 중앙에는 커다 란 보석이 떠 있었는데 신성은 자신의 드래곤 하트와 마력으 로 연결되어 있음을 깨달았다. 손을 뻗자 드래곤 레어의 정 보와 함께 여러 메뉴가 떠올랐다.

가장 눈에 띄는 것은 바로 상점이었다.

[드래곤 상점]
드래곤의 유산이 저장되어 있는 상점. 레어의 편의 시설부터

공방에 이르기까지 다양한 항목이 가득하다. 다른 곳에서는 구할 수 없는 희귀한 아이템 역시 구입할 수 있다. 다만 드래곤의 탐욕으로 인해 가격은 조금 비싼 편.

  *기초 아이템 상점

  *레어 시설 상점

  [F+] 작업 공방(가격 : 6KC)

  [F+] 일꾼 숙소(가격 : 4KC)

  [E] 메이드 소환진(가격 : 20KC)

  [E] 메이드 숙소(가격 : 20KC)

  [E] 고용노동소(가격 : 35KC)

  [E+] 희귀 재료 상점(가격 : 40KC)

  [D-] 진화의 성소(가격 : 100KC)

지금 상황에서 구입할 수 있는 것은 아무것도 없었다.

현재 마력 코인 잔고는 120C였다.

마력 코인을 벌어야 할 명확한 이유가 생겼다. 저 항목들에게 투자한다면 분명 더 많은 수익을 창출할 수 있을 것 같았기 때문이다.

'최선을 다해 팔아야겠군.'

드래곤의 탐욕이 꿈틀거렸다.

신성의 최선이란 모든 수단과 방법을 동원하는 것이다. 신성은 던전에서 습득한 아이템을 최고의 가격으로 팔아치울 생각이다. 그러기 위한 계획들이 이미 머릿속에 떠오르고 있었다.

신성은 창을 닫고는 레어 안을 바라보았다. 여러 개의 방이 있고 꽤 넓은 편이니 원룸에서보다 편하게 지낼 수 있을 것이다. 원룸에 비한다면 이곳은 궁궐과 다름없었다. 원룸에 미련이 없으니 이사를 하는 것이 좋을 것 같았다.

"신성 님, 여기 침대도 있어요! 엄청 커요! 좋은 향기도 나구요. 와! 푹신푹신해!"

루나가 행복한 미소를 지으며 큰 방에 있는 침대 위에서 뒹굴었다.

침대는 무척이나 눈에 띄었다. 다른 가구들에 비해 너무나 휘황찬란했기 때문이다. 제국의 황제나 쓸 것 같은 우아함과 기품이 흘러 벽돌집과 어울리지 않았다.

레어를 구입한 서비스로 주는 것이라 보기에는 조금 과도할 정도였다.

[S+] 드래곤의 무한 정력 침대(레전드)

드래곤 로드 칼테누스가 10년 동안 심혈을 기울여 제작한 침대. 개체 수가 줄어들어 가는 드래곤의 미래를 걱정하여 자신의 드래곤 하트를 잘라내 만들었다고 전해진다.

후대여, 사랑을 하라.

*효과

[버프] 달콤한 사랑(1일)

[버프] 솟아나는 아침(1일)

[버프] 뜨거운 오후(1일)

[버프] 아름다운 석양(1일)

[버프] 어둠 속의 뜨거움(1일)

"……."

침대에 붙어 있는 붉은 조각은 드래곤 하트 조각이 확실했다. 신성은 드래곤이라는 종족에 대한 이미지가 심하게 망가지는 것을 느꼈다.

루나는 졸음이 밀려오는지 침대 위에서 하품을 했다. 침대가 너무나도 푹신하고 편해 잠이 쏟아지는 모양이다. 몸을 비비며 행복한 표정을 짓던 루나의 얼굴이 갑자기 시무룩해졌다.

"왜 그러십니까?"

"제 방에는 딱딱한 돌침대밖에 없어요. 사치스러운 생활을 히면 신싱릭 공납 랭크가 낮아져서요. 그래서 매일 아침 허리가 부서질 것 같아요."

신성은 그녀에게 뭐라 해줄 말을 찾지 못했다.

루나교는 예전부터 가난하기로 유명하긴 했다. 교황 김갑진이 예능 프로에 나와서 그것에 대해 하소연하던 것이 며오른 신성이다. 그래도 다른 신을 모시는 것보다 높은 신성력 랭크를 받을 수 있기 때문에 인기가 많은 편이었다.

다른 조건은 모두 완료했다. 이제 드래곤 나이트만 임명한다면 1차 각성을 할 수 있었다.

'드래곤 나이트라……'

신성은 팔찌를 통해 드래곤 나이트에 대한 정보를 살펴보았다. 다른 것에 정신이 팔려 아직 살펴보지 않은 내용이다.

[A]드래곤 나이트

계약을 통해 용족의 힘을 나누어 받은 기사.

강력한 신뢰로 묶인 계약이다.

상대에 대한 애정이 높을수록 능력치가 증가한다.

드래곤 나이트는 용족만이 쓸 수 있는 일부의 마법과 능력을 사용할 수 있고 드래곤은 드래곤 나이트의 종족 전용 스킬 하나를 랜덤으로 배울 수 있다.

드래곤의 능력이 상승할수록 부여 받은 스킬과 능력치가 상승한다. 드래곤 나이트는 드래곤 레어에서 용기사 전용 스킬을 구매해 사용할 수 있다.

*[A] 영혼의 교환 : 드래곤 나이트로 임명한 종족의 종족 전

용 스킬 하나를 랜덤으로 배울 수 있다.

*[A] 용왕 : 드래곤 나이트의 숫자가 늘어날수록 스킬 랭크와 모든 스텟이 상승한다.

드래곤 나이트의 기본 스킬

*[A] 용기사의 긍지(각성기) : 드래곤의 마력을 빌려 모든 능력치를 강화시킨다.

*[A] 드래곤의 마법 : 마법 습득 능력이 상승한다. 직업, 스킬 상성 간의 패널티를 받지 않는다.

*[A+] 용혈의 육체 : 전반적인 육체 능력이 크게 향상된다. 완벽함을 추구하는 드래곤의 의지를 계승 받아 보다 아름다운 모습으로 바뀌게 된다.

드래곤 나이트는 신성에게도, 그리고 계약 상대에게도 이득이 많았다. 신성은 특히 영혼의 교환이라는 스킬이 눈에 들어왔다. 종족 전용 특기를 배울 수 있는 것은 대단한 일이다. 종족을 선택할 때 가장 먼저 보는 것이 바로 종족 전용 스킬이었다. 엘프 같은 경우에는 '엘프의 궁술', '정령과의 친화력', '숲의 마법' 등이 있는데 모두 엘프의 정체성을 나타내주는 것들이다. 전용 스킬은 상위 종족으로 진화해도 강력한 효율을 보여주기에 필수로 올려야 하는 스킬이었다.

신성은 침대 위에서 다시 나른한 표정을 짓고 있는 루나를 바라보았다.

"음……."

본래 계획은 골드레빗을 드래곤 나이트로 만들어서 일단 각성부터 하는 것이었다. 그러나 종족 특성 스킬을 익힐 수 있다면 이야기가 달라진다. 현재 레어의 등급으로는 드래곤 나이트를 두 명밖에 임명할 수 없기 때문이다. 골드레빗으로 한 자리를 낭비하는 것은 큰 손해였다.

침대 위에 누워 있던 루나는 신성이 자신을 뚫어져라 바라보자 몸을 움찔 떨며 얼굴을 붉혔다. 신성의 황금빛 눈동자가 유난히 그윽하게 느껴진 것이다. 토마토처럼 계속해서 붉어졌지만 신성은 시선을 떼지 않았다.

'아르케디아 설정상 신은 최상위 종족이지.'

드래곤과 마찬가지로 최상위 종족 중에서도 가장 상위를 차지할 것이다. 아르케디아에서 유일하게 스스로의 힘으로 최상위 종족이라는 범위를 넘어선 것이 바로 용신이었다.

최상위 종족과 상위 종족 간의 차이는 도저히 넘을 수 없을 정도로 컸는데 일반적으로 강하다고 알려진 천족이나 마족도 상위 종족에 불과했다. 물론 상위 종족 중에서도 꽤나 높은 위치에 있기는 했지만 말이다. 천족을 다스리는 것이 루나와 같은 신족이었고 마족을 다스리는 것이 마신이었다.

마족은 아르케디아인들에게 있어서 확실한 적이었다.

천계와 마계, 그리고 필드에 속하는 중간계는 확실히 나누어져 있어 침공이 불가능했지만 메인 퀘스트 보스 몬스터인 마족 카르벤을 기점으로 그 경계가 조금씩 허물어지게 된다. 전형적인 판타지 소설과도 같은 전개였다.

아무튼 신성이 이런저런 생각을 하며 눈을 떼지 않자 루나는 어찌할 바를 모르며 허둥거렸다.

신성은 루나가 탐났다. 정확히 말하자면 루나의 특성 스킬이 무척이나 탐났다.

"루나 님."

"네, 넷!"

신성이 루나를 부르자 루나가 화들짝 놀라며 소리쳤다. 신성이 침대로 다가가자 루나는 심호흡을 하며 신성을 바라보았다. 루나의 물기 어린 촉촉한 눈빛이 신성의 눈과 마주쳤다. 신성의 눈에 깃든 포악한 탐욕을 읽은 순간 루나의 머릿속이 하얗게 변해 버렸다.

드래곤의 탐욕!

그것은 결코 멈출 수 없는 사악한 감정이다.

"혹시 드래곤 나이트에 관심 있으십니까?"

"네? 드, 드래곤 나이트요?"

"예, 계약자를 찾고 있습니다만… 죄송합니다. 여신님께는 큰 실례이겠군요."

신성은 탐욕에서 벗어나며 고개를 끄덕였다. 아무리 그래도 세이프리를 책임지고 있고 아르케디아인들의 정신적인 지주로서 존재하는 루나를 드래곤 나이트로 만드는 것은 무리였다.

'골드레빗은 별로지만 어쩔 수 없나.'

김수정이나 이유리가 떠올랐지만 루나만큼 신뢰할 수는 없었다. 루나는 언제나 변함없는 선한 마음을 지닌 착한 신이었다. 신성이 무척이나 아쉽다는 표정을 짓고 있을 때 루나의 표정이 멍해졌다. 루나가 생각한 것 그 이상이었기 때문이다.

'드래곤 나이트라면… 종속의 계약!'

그것은 굳건한 애정과 신뢰를 바탕으로 서로의 영혼을 나누는 절대적인 계약이다. 본래라면 드래곤에게 일방적으로 종속되는 형태겠지만 신인 루나는 달랐다. 신이었기에 대등한 위치에 서서 무척이나 깊은 관계가 되는 것이다.

영혼과 영혼을 나누는 것은 육체의 관계보다 더욱 깊은 것이다. 신에게 있어서는 무척이나 특별한 의미를 지니고 있는 것이지만 신성은 그저 계약으로만 생각하고 있었다.

"하, 할게요!"

"네? 정말이십니까?"

"네, 신성 님! 우리 같이 아름다운 미래를 만들어가요!"

"그렇게 거창한 것은 아닌 것 같습니다만……"

"해요! 지금 당장!"

루나가 벌떡 일어나 신성의 손을 두 손으로 붙잡았다. 상기된 표정으로 눈이 초롱초롱 빛나고 있다.

신성은 일이 잘 풀리자 고개를 끄덕였다. 다르게 생각해 보면 자신 역시 세이프리의 대리자가 되었는데 루나라고 못할 것은 없었다.

신성은 일단 루나를 데리고 레어 밖으로 나왔다.

각성할 때도 상당한 충격파가 뿜어져 나온 것이 기억났기 때문이다. 간신히 마련한 드래곤 레어를 부술 수는 없었다.

밖으로 나와 넓은 잔디밭 위에서 루나와 신성은 마주 보며 섰다. 신성이 손을 뻗자 루나가 싱긋 웃으며 신성의 손을 잡았다. 루나의 얼굴에는 홍조가 가득하고 숨은 거칠었다.

두근두근!

드래곤 하트가 요동쳤다. 순식간에 마력이 뿜어져 나가며 푸른 기류를 만들어냈다. 신성과 루나의 주변에서 춤을 추듯이 일렁이더니 점차 형태가 뚜렷해지며 공중에 마법진이 새겨지기 시작했다.

루나에게서 신성력이 뿜어져 나오며 공중으로 솟구쳤다. 세이프리 전역을 밝히는 빛의 기둥은 구름마저 지워 버리며 길게 뻗어갔다. 신성의 마력과 루나의 신성력이 춤을 추듯이 엉키는 순간이다.

[여신 루나와의 계약이 완료되었습니다.]

[동등한 계약임에 따라 명칭과 부여 능력이 변경됩니다.]

*[A] 드래곤 나이트→[S] 드래곤의 파트너

신성은 아직 정보창을 확인할 수 없었다. 드래곤 하트를 타고 흐르는 힘이 그의 몸을 뜨겁게 달구고 있어 정신이 없었기 때문이다. 온몸에서 검은 기류가 뿜어져 나오더니 신성의 전신을 덮어버렸다. 검은 기류는 빠르게 유형화되기 시작했다.

휘이이이!

전신에 비늘이 돋아나며 마치 갑옷과도 같은 형태로 변했다. 신성의 전신을 덮고 있는 것은 드래곤의 모습을 형상화한 것 같은 갑옷이었다. 체격 또한 상당히 커져 키가 2M를 넘어가고 있었다.

머리 위로 뿔이 돋아나는 순간, 신성의 등 뒤로 검은 날개가 펼쳐졌다.

쿠오오오오!

전신을 휘감는 막대한 마력이 방출되어 하늘로 치솟았다. 그 순간 울려 퍼진 드래곤의 포효는 마치 천둥소리를 듣는 것 같았다. 치솟는 마력과 하늘을 찢어발길 듯한 포효는 세이프리에서 드래곤의 힘을 계승한 자가 탄생했음을 알려주었다.

퍼석!

비늘처럼 덮여 있던 갑옷에 점차 균열이 일어나더니 가루가 되어 사라졌다. 신성은 자신의 손을 바라보았다. 돋아나 있던 날카로운 비늘이 흩날리며 마력이 되어 사라져 가고 있었다.

방금 전 그것은 1차 각성에 주어지는 반룡화 현신이라는 각성기였다.

[성향 정보가 업데이트되었습니다.]

브론즈, 선(1%)→드래곤, 중용(MAX)
*누구의 편도 아니며 어디에도 속하지 않는 드래곤을 나타내는 절대적인 성향. 드래곤의 앞에서는 몬스터를 비롯한 모든 종족이 평등하다. 악한 행위에 대한 패널티가 없으나 상위 성향에 대한 보상도 없다.

[1차 각성이 완료되었습니다.]
[LEVEL UP×10]

신성은 팔찌에 떠오른 정보를 바라보았다. 성향이 변한 것은 의외이기는 했다. 루나의 축복이 사라지며 손해를 본 부분이 있었지만 성향에 따른 패널티가 없다는 것은 대단히 놀라운 일이었다. 어떠한 제재도 없이 자신의 양심에 따라 판단해야 한다는 말이다.

다소 복잡한 생각이 들었지만 신성은 자신의 레벨을 본 순간 만족스러운 웃음을 지을 수 있었다.

30Lv.

드디어 이틀 동안 한 노가다에 대한 성과를 얻을 수 있었다. 각종 처치 보너스와 높은 경험치가 합쳐져 이런 결과를 만들어낼 수 있었다. 생각보다 스킬 포인트를 많이 모을 수 없는 것이 아쉽기는 했으나 이 정도면 대단히 성공적인 결과였다.

[여신 루나와의 계약으로 신족 특성 스킬이 활성화됩니다.]

[계약] [D] 신의 목소리(레전드)

신성한 목소리. 상대를 집중하게 만들고 신뢰하게 만든다. 이 아름다운 목소리로는 진실만을 말해야 하지만 드래곤의 권능이 이를 거부해 랭크가 크게 하락했다.

추가 효과

*신족과 우호 관계

스킬 정보를 보니 그렇게 좋은 스킬은 아니었다.

랜덤으로 종족 전용 스킬을 배우기 때문에 나타난 결과였다.

'…애매하군.'

진실만을 말해야 하는 제약이 없으니 어떻게든 써먹을 수 있을 것 같기는 했다. 차라리 골드레빗의 종족 특성이 나아 보일 수도 있겠지만 말이다.

신성이 아쉬운 마음으로 정보창을 바라볼 때였다.

"신성 님, 이것 좀 봐요!"

신성은 고개를 돌려 루나를 바라보았다. 신성의 눈이 크게 떠졌다. 루나가 공중을 날아다니고 있었기 때문이다. 신성 마법을 쓴다면 가능한 일이었지만 지금은 전혀 신성 마법을 쓰고 있지 않았다.

"와! 날개가 생겼어요!"

루나의 등에 붙어 있는 것은 흰색의 날개였다. 빛이 형상화된 것 같은 날개였는데 형태 자체는 드래곤의 날개를 보는 것 같았다. 신성의 주변을 날아다니다가 착지하자 날개가 빛으로 변하며 모습을 감추었다.

루나의 모습은 한층 더 아름다워져 있었다. 본래도 아름다

웠지만 이제는 미의 여신과 견주어도 결코 뒤지지 않을 정도
였다. 이번 계약은 확실히 루나에게도 영향을 미치고 있었다.

'드래곤의 파트너?'

루나는 드래곤 나이트가 아닌 드래곤의 파트너였다.

드래곤 나이트가 아닌 것이 의아했지만 어쨌든 1차 각성은
되었으니 큰 상관은 없을 것이다.

신성은 이제 본격적인 시작에 발을 들여놓았다는 것에 흡
족한 미소를 지었다. 루나는 미소 짓는 신성을 올려다보며 활
짝 웃었다. 그저 그와 같이 있는 것만으로도 대단히 즐거워보
였다.

어쨌든 각성도 하고 드래곤 레어도 만들었으니 신성은 마
음이 홀가분해졌다.

"저도 열심히 힘내서 드래곤 레어를 꾸미도록 할게요! 일단
청소부터 할까요? 아! 신전에서 가구들을 가져올게요!"

루나는 왜인지 불타오르고 있었다. 드래곤 레어를 최고로
만들겠다는 의지가 가득했다.

신성은 눈을 깜빡이다가 고개를 끄덕였다.

CHAPTER 5
전설의 캐시템 상인

　루나와 계약을 한 후 며칠이 흘렀다.

　신성과 루나 사이에 일어난 많은 일들처럼 세이프리 역시 큰 변화를 맞이하고 있었다.

　에르소나를 중심으로 길드가 만들어졌는데 현 시점 1위 길드라 불릴 정도로 규모가 컸다. 길드의 이름은 수호자였고 길드 마스터는 당연히 에르소나였다. 에르소나와 함께하는 많은 상위 종족들은 길드의 힘을 더욱 강하게 만들어주고 있었다.

　에르소나는 세이프리의 영지 한 곳을 매입하여 본격적으

로 길드 하우스를 건설하는 중이었다. 길드 하우스가 건설된다면 길드원들은 각종 버프 효과와 추가 스텟을 받을 수 있을 것이다. 게다가 마석을 공략할 때마다 추가 보상을 길드원끼리 공유할 수 있으니 길드에 들어가는 것은 필수였다.

레벨20에 이른 다른 아르케디아들 역시 저마다 길드를 만들었는데 대부분이 수호자 길드의 하위 길드로 들어가기 위함이었다. 하지만 그런 분위기 속에서도 꿋꿋하게 자신만의 길드를 만들어가는 이들도 존재했다. 지인이나 친구들끼리 뭉쳐 만든 친목형 길드들였다. 친목형 길드라도 그들이 지닌 잠재력은 무시할 수 없었기에 에르소나는 되도록이면 그런 길드와도 평화적인 관계를 유지했다.

에르소나가 정부와 연이은 협상을 하고 있을 무렵, 신성 역시 새로운 일을 준비하고 있었다. 드래곤의 레어를 본격적으로 운용하려면 막대한 자금이 필요했다.

레어에 던전 코인을 등록한 것까지는 좋았는데 운영하기 위해서는 일꾼 숙소가 있어야 했다. 일꾼 숙소가 있다면 보유 몬스터를 던전 안에 집어넣어 소유한 자원을 채취할 수 있었다. 일꾼들이 던전 안에서 자원을 채취하면 자동으로 창고에 쌓이는 형식이었다. 굳이 신성이 들어가서 자원을 채취하지 않아도 되는 것이다. 물론 채취할 수 있는 자원에는 한계가 있었고 고갈되면 소유한 던전 자원이 사라지게 된다.

신성은 잠시 창밖을 바라보았다.

루나와 골드레빗의 모습이 보인다. 루나는 신성이 말릴 틈도 없이 이삿짐을 싸들고 레어로 이사 왔다. 짐이라고는 찻잔 하나와 낡은 서책, 그리고 필기구가 전부였다.

무언가 잘못되었다는 생각이 들었을 때는 이미 늦어버렸다.

신성은 피식 웃었다.

일이 어찌 되었든 그녀의 밝은 모습은 보기 좋았다. 그녀가 웃으니 세이프리는 더욱 찬란하게 빛나고 있었다.

"꾸우!"

"자! 더 열심히 일해서 가계에 보탬이 되도록 해요! 세이프리와 드래곤 레어의 미래가 저희에게 달려 있어요!"

"뀨!"

레어 주변에 마련해 놓은 텃밭에서 팔뚝 크기만큼 작아진 골드레빗이 열심히 씨를 뿌리고 있다. 어디서 구해왔는지 밀짚모자를 쓴 루나는 골드레빗의 뒤를 따라다니면서 자신의 권능으로 만든 물을 뿌리고 있었다.

골드레빗이 심고 있는 것은 드래곤 상점에서 구입한 마력 당근의 씨앗이었다. 마력 당근은 고급 재료는 아니지만 꽤나 요리에 자수 쓰여 이윤을 크게 남길 수 있는 재료였다.

현재 세이프리에는 없는 품목이다.

[E-] 골드레빗과 루나의 텃밭

드래곤 레어 주위에 있어 풍부한 마력이 녹아 있는 텃밭이다. 골드레빗이 밭을 갈고 씨를 뿌렸으며 여신 루나가 신성력이 잔뜩 든 물을 뿌렸다.

낮은 확률로 레어 작물을 획득할 수 있다.

*관리자

[루나를 좋아하는] 골드레빗

[신성의 파트너] 루나

*적용 스킬 : [E] 황금 재배, [C] 신성한 물

*수확 품종 : [F] 마력 당근, [E-] 성스러운 마력 당근(레어)

루나가 신성력이 가득 담긴 물을 뿌렸기 때문인지 벌써부터 싹이 돋아나고 있다. 이 광경을 본다면 에르소나나 김갑진, 그리고 주변 측근들은 기절할지도 모른다. 안 그래도 루나가 자주 사라져 김갑진의 스트레스가 늘어가고 있는 상황이었다.

'마석의 수호자치고는 위엄이 없군.'

골드레빗은 그냥 귀여운 황금 토끼였다. 골드레빗은 마석의 수호자이기는 하지만 던전 밖에서는 1레벨짜리 토끼라서 그런지 별다른 능력은 없었다. 농사에 관한 스킬만이 존재할 뿐이었다.

마력 작물은 상당히 빨리 자라는 편이지만 골드레빗은 그 것에 1.5배나 더 빠르게 자라게 하고 품질을 좋게 만드는 스 킬을 지니고 있었다.

창밖에 있는 루나와 시선이 마주치자 루나는 밝게 웃으며 손을 흔들었다. 신성은 살짝 손을 들어주고는 다시 생각에 빠져들었다.

'마력 코인을 현금과 교환할 수 있게 된다고 했던가?'

정확히 밝혀진 것은 없었지만 아르케 넷에 그런 소문이 돌 고 있었다. 지금도 부자에 속하는 여러 아르케디아인들이 현 금과 마력 코인을 교환하고 있었다.

마력 코인의 가치가 계속해서 올라가고 있어 꽤나 많은 돈 과 거래된다고 한다. 중간 브로커도 나왔는데 여러 대기업과 돈이 필요한 아르케디아인들을 이어주고 수수료를 받았다.

마력 코인은 그 자체로도 순수한 마력을 담고 있었다. 지 구에서 찾아보기 힘든 형태의 고효율 에너지였다. 무엇보다 쓰면 쓸수록 오히려 오염이 제거되는 최고의 청정에너지라는 점이 부각되고 있었다.

마력 코인 및 아르케디아의 여러 아이템을 연구해 본 여러 선진국의 연구원들은 연일 논문을 쏟아내기 바빴다. 이런 상 황에서 자연스럽게 환전이라는 말이 나오고 있는 것이다. 각 종 아이템 역시 많은 연구원들이 관심을 표하고 있었다.

'이제 어느 정도 상업 지역이 활성화되었겠지. 아직 세이프리 레벨이 낮아 개인 경매장은 만들 수 없지만……'

그것이 바로 신성이 계획하고 기다린 일이었다.

현재 도시 레벨이 낮았기에 지금은 일단 개인 거래를 활성화시키는 방향으로 정하고 있었다.

경매장이 있기는 했지만 거의 쓰이지 않았다. 신성은 아르케 넷을 이용하여 경매를 진행하는 시스템 역시 구상 중이었다. 미래의 일이기는 하지만 도시 포인트와 루나의 권능으로 어떻게든 구현이 가능할 것 같았다.

신성은 상점가와 상점 안에 있는 빈 거리를 상업특구로 지정했다. 아이템에 따라 세금을 어느 정도 감면해 주고 기본적인 노점 아이템을 무료로 대여할 수 있게 만들었다. 뿐만 아니라 상점가와의 연계를 통해 서로 필요한 아이템을 교환하거나 위탁 판매하는 방식 역시 퀘스트를 통해 도입했다.

신성의 그런 정책은 꽤나 효과가 있어서 지금 상업특구에서는 많은 아르케디아인이 노점이나 돗자리를 깔고 장사를 하고 있었다. 제일 신이 난 것은 역시 생산계 아르케디아인들이었다. 제법 이윤을 남긴 생산계 아르케디아인들은 점차 상점가로 진출해 자신만의 구역을 구축하고 있었다. 세이프리의 미래를 볼 때 무척이나 바람직한 현상이었다.

루나의 동의를 얻은 신성은 도시 포인트로 마력 코인 은행을 만들었다. 직원으로는 세이프리에서 계산이 비교적 빠른 마법사들을 고용했는데 제법 충실히 일하고 있었다.

많은 이들이 자신의 길드나 아이템을 담보로 마력 코인을 빌리기 위해 은행을 찾았다. 아직 세이프리는 재정적으로 여유가 있는 상황은 아니었지만 대출 이자는 조금 센 편이라 장기적으로 볼 때 충분히 좋은 사업이었다.

루나의 정책이라고 생각한 에르소나와 그녀의 일당 역시 은행과 상업특구를 아주 많이 이용하고 있었다. 적극적으로 아이템 매입에 나서서 강화석을 비롯한 여러 아이템을 쓸어 가고 있었다.

강남 마석 공략이 코앞으로 다가온 시점이었기에 그녀를 비롯한 모든 상위 레벨의 발길이 끊이지 않았다. 지역 상점의 상인들도 그곳과 자신의 상점을 오가며 바쁜 하루를 보내고 있었다.

'기반 시설과 재정만 충분하다면 세이프리는 초보자 그 이상의 도시가 될 수 있겠지.'

먼 미래의 일이기는 하지만 말이다.

신성은 상업특구가 제대로 자리 잡기를 기다렸다. 아이템들을 가공하고 다른 스킬을 익히며 며칠을 보낸 것이다. 요리 스킬, 대장장이 스킬, 재봉 스킬 등을 비롯한 생산계 대부분의 스킬을 모조리 익혔다.

신성의 예상대로 익히자마자 드래곤 하트가 요동치며 새로운 스킬들로 재탄생되었다. 각 스킬에 맞는 항목이 드래곤의 조합서에 추가되었다.

마력 코인이 부족해 공방을 만들 수가 없는 것이 아쉬웠지만 루나가 신전에서 가지고 온 휴대용 조합기와 기초 도구들을 이용해 어떻게든 아이템을 가공한 신성이다.

도구들이 사라질수록 김갑진의 비명은 더욱 처절해졌지만 신성은 모르는 일이었다.

'이제 슬슬 때가 되었군.'

아르케 넷은 상업특구 이야기로 뜨거웠다. 좋은 아이템을 건졌다는 인증샷이 계속해서 올라오고 있었다.

신성은 창고로 지정해 놓은 곳에 정리되어 있는 아이템을 바라보며 씨익 웃었다. 가장 빛나는 것은 역시 캐시 아이템이었다.

신성은 많은 것을 투자해 만든 의복을 바라보았다.

[F+] 빛나는 신비한 상인 복장

정체를 숨겨야 하는 상인들이 주로 입던 옷. 신비한 마법이 걸려 있어 안전 지역 내에서는 정체를 확실히 감출 수 있다. 얼굴을 가리는 가면과 한 세트이다.

*[F+] 정보 숨김

골드레빗의 황금 털과 고급 천이 들어간 복장이다. 신성이 제작하려고 했지만 루나가 드래곤 상점에서 'E 파트너의 재봉 스킬' 구입해 신성이 원하는 대로 만들어주었다. 덕분에 신성력이 포함되어 좀 더 신비한 느낌이 나고 있었다.

복장은 신성이 알고 있는 그 복장과 무척이나 흡사했다. 차이점이 있긴 했지만 그냥 넘어가도 될 정도였다.

바로 세이프리나 다른 도시에도 존재한 애증의 NPC, 캐시 아이템 상인의 복장이었다.

캐시템 상인은 오픈 베타 때부터 존재했지만 세이프리에 없는 것을 보면 나타나지 않을 확률이 컸다. 오로지 캐시 아이템 판매만을 위한 목적이라 아르케디아 온라인의 설정에는 나타나 있지 않았기 때문일지도 모른다.

신성은 캐시템 상인이 입고 있던 복장의 디자인을 모두 기억하고 있었고, 루나는 서툴지만 열심히 그것을 구현해 주었다.

신성은 상인복으로 갈아입었다. 질리도록 보았지만 정이 들지 않던 캐시템 상인의 모습이 되니 묘한 기분이 들었다.

신성이 아이템들을 인벤토리에 넣고 밖으로 나오자 물을 주고 있던 루나가 신성의 앞으로 달려왔다. 평범한 흰 원피스를 입고 있었는데 그런 수수한 옷마저도 상당히 잘 어울렸다.

"외출하시나요?"

"응."

여신이다 보니 루나에게 말을 놓는 것이 힘들었지만 루나의 부탁으로 노력하고 있는 신성이다. 루나는 기본적으로 손해를 보는 성격이지만 기이하게도 할 때는 확실히 하는 이상한 특성을 지니고 있었다. 여러모로 치밀하기는 하지만 감정적인 부분에서 허점을 보일 때가 있는 신성과는 제법 잘 어울렸다.

신성의 복잡한 표정을 본 순간 루나가 싱긋 웃으며 그의 뺨에 손을 대었다. 신성의 눈동자가 크게 떠졌다. 루나의 뒤로 황금 들판이 펼쳐져 있는 환상이 보였기 때문이다. 그것은 신성이 기억하는 가장 따뜻한 풍경이었다. 저절로 마음이 따뜻해지며 복잡한 생각들이 사라져 갔다.

"돈은 많을수록 좋아요! 파이팅!"

"…그렇기는 하지만 여신답지 않은 발언인데?"

"드래곤 레어에 있으면 괜찮아요. 버프 효과로 신성력 공급 랭크가 하락하지 않거든요. 역시 드래곤의 탐욕은 대단해요."

"음."

신성은 고개를 끄덕였다. 드래곤 레어는 루나의 확실한 쉼터가 되어주고 있었다.

"신성 님, 여기에 세계수를 심어볼까요? 신전의 지하 보물

창고에 세계수의 씨앗이 있어요. 싹을 틔울 자신이 없어 놔두고 있지만 드래곤 레어의 힘이라면 충분히 자라나게 할 수 있을 거예요."

"세계수?"

세계수는 무난하게 자라기만 한다면 대단한 희귀 아이템을 주니 구미가 당기기는 했다.

세계수는 각 대도시에 한 그루밖에 존재하지 않을 만큼 희귀한 나무였다. 도시 간의 이동 포탈을 열어주는 역할도 했는데 세계수가 있으면 도시의 곳곳에 포탈석을 설치할 수 있게 된다. 휴먼 종족의 수도나 다른 대도시 같은 경우에는 마탑이 있어 도시 간의 이동이 가능했지만 다른 종족들에게 가장 보편화된 이동 수단은 역시 세계수였다.

게임 시절의 초보 도시 세이프리에는 세계수가 존재하지 않았다. 때문에 초보자 신분을 벗어난다면 더 이상 세이프리에 남아 있지 않게 되는 것이다. 이동이 불편한 곳에 거점을 삼으려 하는 아르케디아인은 없었다.

"마력 코인이 꽤나 들어가겠군."

"세이프리의 일이기도 하니 세이프리가 지원하면 금전적인 부분은 괜찮지 않을까요?"

"그것도 좋은 방법이기는 하지만……."

신성은 조용히 생각하다가 입을 뗴었다.

"차라리 직접 돈을 들여 키우고 이동 포탈의 통행료를 세이프리와 나누어 갖는 편이 장기적으로 볼 때 좋을 것 같아."

"와! 좋은 생각이에요! 역시 대단해요! 투자한 만큼 뽑아낸다는 것이군요?"

신성의 그런 생각에 루나는 진정으로 감탄하고 있었다. 신성은 반짝이는 루나의 눈빛이 부담스러워 슬쩍 고개를 돌렸다.

신성은 잠시 루나와 이야기를 나누다가 그녀의 배웅을 받으며 루나의 탑으로 이동했다.

'그럼 시작해 볼까.'

지금 세이프리에서는 전설이 시작되려 하고 있었다.

* * *

제이슨은 북미 유저였다. 전 세계 랭킹 1,000위 안에 들던 랭커이기도 했다. 아르케디아 온라인은 아시아 쪽 유저들이 강세이기는 했지만 길드전이나 공성전 같은 큰 대회에서의 성적은 대체적으로 비슷한 편이었다. 그는 대회에서도 두각을 나타내어 실력 있는 랭커라는 평이 자자했다.

그러나 실제로는 컨트롤보다는 템발 위주로 몰아붙이는 편이었다. 제이슨은 소위 말하는 금수저로서 막대한 돈을 투자해 게임에서 랭킹을 유지하던 인물이다.

그것은 모든 것이 초기화되고 아르케디아가 현실이 된 지금도 유효했다. 그는 현금이 필요한 아르케디아인들에게 마력 코인을 잔뜩 사들이는 중이었다. 최근에는 비활성 마석도 생기고 아이템 유통도 원활해져 제법 많은 마력 코인을 사들일 수 있었다.

시대는 이미 변했다. 마력 코인의 가치가 더욱 올라갈 것을 제이슨은 직감하고 있었다. 기존의 재화는 획기적인 변화를 맞이할 것이 분명했다. 언제나 먼저 움직이는 자가 승리하는 법이다.

'17레벨에 이 정도 장비면 충분히 상위권이지. 메인 퀘스트 레이드 때 보스 무기를 노려볼 만해.'

그는 몬스터 웨이브에도 참여했는데, 딜량 100등 안에 들어 현재 착용하고 있는 레어 아이템을 손에 넣을 수 있었다.

어릴 때부터 모든 것을 가지며 살아왔기에 스스로 노력하여 쟁취할 수 있다는 것은 그에게 희열을 불러일으켰다. 그것이 비록 목숨을 걸어야 하는 일임에도 말이다. 목숨을 걸고 레어 아이템을 획득했을 때의 기쁨은 세상을 다 가진 것 같은 느낌이었다.

아무튼 제이슨은 이번 비활성 마석 사냥에서 얻은 아이템을 처분하려 세이프리를 찾았다.

세이프리의 상업특구는 현재 가장 핫한 지역이었다. 세금 감면 혜택은 아르케디아인들 입장에서 상당히 환영할 만한 일이었다. 세이프리는 세금이 그리 높지는 않았지만 현재의 상황에서 부담스러운 면이 없지 않아 있었기 때문이다.

세이프리 내에서 세금을 내지 않으면 성향도 떨어지고 거래 자체를 할 수 없게 되기 때문에 성실한 세금 납부는 필수였다.

제이슨은 루나의 탑을 가로질러 상업특구로 들어섰다. 상업특구는 더욱 활발해져 있었다. 무료 노점에 만족하지 못하고 세이프리에서 유료로 노점을 대여한 아르케디아인도 제법 많이 보였다.

무료 노점에 비해 거치할 수 있는 아이템의 숫자가 많아지고 여러 사람이 경쟁하여 원하는 아이템의 가격을 입찰할 수 있는 기능도 달려 있었다.

"[F-]랭크 강화석 팝니다! 1KC!"

"추공 스텟 아이템 보고 가세요!"

"오늘 들어온 속성석입니다! 입찰 받습니다!"

여기저기서 울려 퍼지는 목소리가 활기찼다. 아르케디아 온라인과 똑같은 풍경이었지만 이곳은 엄연한 현실이다. 그것이 그에게 묘한 감정을 불러일으켰다.

'전보다 더 많아졌네.'

잘하면 어제 습득한 레어 재료와 높은 랭크의 강화석을 교환할 수 있을 것 같았다. 제이슨의 무기는 현재 7강이었는데 아무래도 딜량이 부족해 8강에 도전하려 하고 있었다. 행운으로 전신을 도배했으니 8강 정도는 띄울 수 있을 것 같다는 느낌이 오고 있었다.

후회하지 말고 질러라! 그것이 제이슨의 신념이었다.

제이슨이 강화석을 팔고 있는 노점상에 접근할 때였다.

"웅?"

갑자기 주변이 웅성거리기 시작했다. 거리를 지나고 있는 자들뿐만 아니라 아이템을 팔고 있는 자들까지 모두 고개를 돌려 한곳을 바라보고 있었다.

제이슨의 시선 역시 자연스럽게 그곳으로 돌아갔다. 그의 시야에 상업특구로 걸어오고 있는 낯익은 모습이 보였다. 그가 알고 있는 NPC와 똑같은 모습이다.

"캐, 캐시 상인?"

"에이, 설마……."

"가짜겠지. 관심 끌려고 저러는 거야. 장사가 잘 안 되나 보지."

"그렇겠지? 근데 소름 돋게 똑같다. 금방이라도 전용 대사를 외칠 것 같아."

"아, 그거?"

주변 반응과 제이슨의 반응이 똑같았다. 겉으로 볼 때는 저 캐시 상인 복장을 한 자가 정말 캐시 상인인지 가짜인지 구별이 되지 않았지만 마음속으로는 가짜라 정의 내리고 있었다.

캐시 상인은 상업특구를 가로질러 구석에 있는 빈 공간을 향해 걸어갔다. 워낙 구석진 곳이라 그 누구도 자리 잡지 않은 곳이다. 주위의 아르케디아인들은 수군거리면서 아르케 넷에 캐시 상인의 모습을 찍어 업로드하기 시작했다. 진짜이든 가짜이든 화제가 될 만한 일이기 때문이다. 누구인지는 몰라도 이 정도 주목을 받았으니 꽤나 성공적인 성과일 것이다.

'가짜라면 웃고 넘어가면 될 일이지만… 만약 진짜라면?'

만약 저 캐시 상인이 진짜 캐시 아이템을 판다면 엄청난 여파를 몰고 올 것이 분명했다.

제이슨은 캐시 상인을 집중해서 바라보았다.

'심상치 않아.'

그를 바라보던 제이슨은 침을 꿀꺽 삼켰다.

무언가 냄새가 났다. 은은한 빛을 머금고 있는 복장부터 시작하여 걸음걸이, 몸짓에 이르기까지 대단히 특별해 보였다. 보통 아르케디아인들이 가질 수 없는 분위기를 지니고 있는 것이다.

돈 냄새에 민감한 그의 후각에 차갑고 싸늘한 무언가가 말아졌다. 분명한 것은 아르케디아가 현실이 된 지금 캐시 상인이 나타나지 말라는 법이 없었다.

캐시 상인은 잠시 그 자리에 가만히 서 있다가 품에서 무언가를 꺼냈다. 그것은 세이프리에서 대여해 주는 유료 노점 아이템이었다. 찬란한 은빛으로 빛나는 조그마한 상자였는데 그것을 바닥에 놓게 되면 노점상이 차려지는 형식이었다. 회수하게 되면 다시 상자로 돌아가게 된다.

저 은색 상자는 분명 대여 아이템 중에서도 가장 최상위에 있는 '[C] 빛나는 은빛 노점'이었다. 대여 가격도 가격이지만 세이프리에 공헌도가 없으면 대여하지 못하게 잠겨 있는 아이템이다. 현 시점에서 그러한 공헌도를 달성한 이는 없었다. 마석 공략의 일등 공신인 에르소나조차도 부족할 것이다.

그것이 무엇인지 알아챈 눈썰미가 좋은 자들은 벌써부터 놀라고 있었다. 제이슨도 마찬가지였다.

휘이이익!

환한 빛이 터져 나오며 넓은 공간을 차지하는 노점이 생성되었다. 노점이라고 부르기보다 차라리 하나의 상점이라고 칭하는 편이 나을 정도로 고급스러웠다.

캐시 상인이 노점의 중앙에 붙어 있는 창을 조작하기 시작하자 여러 아이템이 빛무리와 함께 진열되기 시작했다. 아이템의 정보가 바로 공개되었고 현재 남아 있는 수량까지 볼 수 있었다.

아이템이 하나둘씩 진열되기 시작하자 수군거리던 소리가 점점 커졌고, 이내 경악 어린 외침이 터져 나오기 시작했다. 세이슨도 빠르게 진열된 아이템의 정보를 확인했다.

'[F+]랭크 무기 상자? 확정 레어라고? 게다가 희귀 재료 아이템까지……!'

[F+]랭크의 레어 무기 상자와 방어구 상자만 하더라도 꽤나 주목을 받을 만한 물건이다. 보스급 몬스터를 잡아야만 주는 아이템이었고, 확정적으로 자신에게 맞는 무기를 얻을 수 있었기 때문이다. 게다가 레어 확정이라면 여러 길드에서 탐낼 만했다.

제이슨은 빠르게 다른 아이템들도 확인했다. 생산계 아르케디아인이라면 침을 질질 흘릴 것 같은 가공된 황금 털, 황금잉어를 포함한 여러 희귀 물고기들, 각종 재료 아이템들이 항목별로 깔끔하게 진열되어 있었다. 모두 현재 구하기 힘든 재료들이었다.

치열한 경쟁이 예상되었지만 무기 상자와 방어구 상자를 제외한 품목들은 수량도 많은 편이라 충분히 구입할 수 있을 것 같았다.

"허, 허억!"

제이슨은 눈을 돌리다가 중앙에 진열되어 있는 아이템을

보고선 그대로 입이 떠억 벌어졌다. 그것은 제이슨을 포함한 다른 아르케디아인들도 마찬가지였다.

"비, 빛나는 강화석! 아, 안전기원석에 마력의 황금색 가루까지!"

제이슨이 비명 섞인 외침을 지르자 그것을 기점으로 사방에서 엄청난 소리가 터져 나왔다.

"미친! 모두 [E-]랭크야!"

"캐시템이라고! 진짜 캐시템이야!"

"어, 어억! 화, 황금색 가루!"

그들의 머릿속에 공통으로 드는 생각이 있었다.

'진짜가 나타났다!'

진짜 캐시템 상인이 나타난 것이다.

아르케디아인들은 서로 눈치를 보기 시작했다. 아직 판매 방식이 정해져 있지 않았지만 공개되어 있는 단위는 C였다. 마력 코인이라는 말이다.

마력 코인으로 저 아이템을 살 수 있으니 여기 있는 서로가 라이벌이 되는 것은 당연했다.

저 아이템들은 무조건 사놓는 것이 이득이었다.

전투를 지향하는 아르케디아인들은 본인이 쓰겠지만 모두 똑같은 생각을 하는 것은 아니었다. 사놓고 묵혀놓았다가 가격에 올려 되팔아도 되고 아니면 아이템을 강화시켜 다시 높은 가격에 팔아도 되었다.

'세르가 아닌 마력 코인으로 캐시 아이템을 살 수 있다!'

아르케디아 온라인에서는 캐시 아이템을 오로지 현금으로 살 수 있는 세르라는 화폐로 구입해야만 했다. 그러나 지금은 마력 코인으로 구입이 가능했다. 현실화되어 달라진 부분이다.

꿀꺽!

귀가 먹먹할 정도로 시끄럽던 목소리가 점점 줄어들더니 싸늘한 침묵이 내려앉았다. 캐시 상인이 천천히 움직였기 때문이다.

캐시 상인은 은빛으로 빛나는 가면과 상인이 아니라 차라리 귀족을 연상시키는 고급스러운 복장이었다.

걸음을 옮길 때마다 우아한 분위기와 주변을 압도하는 기세가 풍겨져 나왔다. 그 분위기에 완전히 눌려 절로 닭살이 돋아 온몸이 찌릿찌릿해질 정도였다.

캐시 상인이 앞으로 나오더니 천천히 두 팔을 벌렸다. AI라 부르기 힘들 정도로 단순한 NPC 캐시 상인의 가장 유명한 동작이다. 제이슨의 기억이 맞는다면 다음 대사는 정해져 있었다. 대도시의 중심에서 지겹도록 들을 수 있던 대사이다.

"투자는 강해지는 지름길!"

그 목소리는 더욱 힘이 있었고 어떤 성스러움마저 느낄 수 있게 바뀌어 있었다. 목소리 자체는 그리 크지 않았지만 너무나 뚜렷하게 들렸다.

"더 강한 아이템으로 더 많은 이득을!"

아름다운 목소리는 진실만을 담고 있었다. 아르케디아인들은 그 목소리에 자연스럽게 집중할 수밖에 없었다.

"건전한 과금이 당신의 목숨을 지켜줍니다!"

숨소리마저 들리지 않았다.

아르케디아 온라인에서 캐시 상인의 대사는 저것이 모두 끝이었다. 반복적으로 앵무새처럼 계속해서 저 말만 반복했다. 그러나 이 자리에 있는 아르케디아인들은 저 캐시 상인이 다시 밀을 할 것이라는 확신에 차 있었다. 저 생동감 넘치는 모습은 결코 NPC 따위가 아니었기 때문이다. 모두가 숨소리조차 내지 않으며 캐시 상인의 말을 기다렸다.

"신성한 여신 루나께서 베풀어주신 은혜를 찬양하며 20분 뒤 하위 아이템부터 입찰을 시작하겠습니다.

캐시 상인은 그 말을 마치고 노점 뒤로 사라졌다.

정적이 깨진 것은 순식간의 일이었다. 아르케디아인 모두가 바빠지기 시작했다. 특히나 드워프와 페어리들은 황홀한 표정을 지으며 요란법석을 떨어댔다.

"기, 길드에 연락해!"

"대박이다!"

"마석 공략이 문제가 아니야! 모두 오라고 해!"

상업특구를 넘어 세이프리 전체에 난리가 나기 시작했다. 제이슨 역시 그 대열에 동참했다.

*　　　*　　　*

신성은 노점 뒤에 마련되어 있는 휴식 공간으로 들어갔다. 노점 뒤에 마련된 휴식 공간으로 들어가게 되면 자동적으로 노점이 잠금 상태가 된다. 진열된 아이템은 볼 수 있지만 그 것 외에는 전부 블라인드가 되는 것이다.

곧 강남 마석 공략이 있을 시점이니 많은 이들이 몰려올 것이다. 더 좋은 아이템으로 더 많은 이득을 취하기 위해서이다.

현재 은행에 마력 코인을 제법 많이 배치해 놓았다.

그들이 은행에서 돈을 빌려 아이템을 사면 신성도, 루나도, 세이프리에게도 좋은 일이었다. 지구와는 달리 계약을 통해 확실히 마력 코인을 받아낼 수 있으니 손해 볼 염려는 없었다.

'반응은 예상대로네. 순조로워.'

손발이 오그라드는 느낌이었지만 일부러 캐시 아이템 상인이 한 대사를 따라 한 보람이 있었다. 게다가 뒤에 루나의 이름을 거론하는 것도 잊지 않았다. 캐시 상인이 등장한 것이 루나 때문이라고 말하지는 않았지만 그렇게 추론할 수 있게 만든 것이다.

루나를 언급한 효과가 확실히 있었다. 세이프리에서 휘몰
아치는 신성력이 느껴졌다.

[여신 루나(드래곤의 파트너)에 대한 모험가들의 믿음 랭크가
상승하였습니다.]
 *평균 : [C] 많은 관심→[C+] 신뢰
 *여신 루나의 신성력 공급 랭크가 상승합니다.
 *도시 운영 포인트가 1,000P 상승합니다.

믿음 랭크가 상승한 것이다. 루나는 아마 갑자기 일어난
일에 깜짝 놀랐을 것이다.

신성은 아르케 넷을 살펴보았다. 아르케 넷 공략 게시판은
물론 자유 게시판까지 무수한 글이 리젠되기 시작했다. 그것
들 모두 신성에 관한 이야기였다.

공략 게시판에서 제일 '좋아요'를 많이 받은 게시물은 일주
일 동안 추천 게시물로서 윗부분에 고정되는데 별다른 보상
은 없었지만 아르케디아인 모두에게 노출되게 된다. 때문에
자신을 알리거나 다른 광고 효과를 노릴 수 있었다. 자신의
이름을 알리게 되면 따라오는 효과가 많으니 공략 게시판에
는 많은 랭커들이 서식하는 편이었다.

신성은 게시 글을 읽어보았다. 동영상이 첨부되어 있었는데 신성의 모습이 동영상과 함께 여러 사진으로 찍혀 있었다.

'사진은 잘 받네.'

아르케디아 온라인에 있던 캐시 상인보다 훨씬 고급스러운 분위기가 풍기고 있었다. 루나가 만들어준 영향으로 상인 복장에서는 은은하게 신성력이 뿜어져 나오고 있었다. 그것이 신성의 분위기와 어울려 환상적인 모습을 연출해 주고 있는 것이다.

마치 장비 강화 실패에 허덕이는 불쌍한 아르케디아인들을 구제해 줄 구세주 같았다.

순식간에 글이 리젠되고 캐시 상인에 대한 분석이 쏟아져 나왔다. 추천 게시물이 순식간에 뒤바뀌는 혼선 양상이 되고 있었다.

'캐시 아이템 상인 등장!'

'[E-] 빛나는 강화석에 대한 정보!'

'전투의 흐름을 바꾸는 8강 무기.'

'랭크를 높여주는 마력의 황금색 가루를 쓴다면……'

신성의 눈에 여러 제목이 달린 게시물이 보였다. 아르케디아인 중에는 초보 유저도 제법 존재했다. 한창 이벤트 기간이었기 때문에 신규 유저의 유입이 꽤나 있던 탓이다. 그런 유저들에게 정보를 제공하기 위한 글도 상당히 많았는데 글의 말미에는 대부분 길드나 파티 가입을 권유하는 메시지가 달려 있었다.

'난리가 났군.'

지금 난리가 난 것을 보면 아르케디아인들이 가장 많은 시간을 골라 온 것이 정확하게 먹혀든 것 같았다. 신성은 휴식 공간에서 20분 동안 쉬다 나갈 생각이다.

'잠시 눈 좀 붙여볼까?'

[C] 빛나는 은빛 노점은 작은 상점이라고 해도 무방할 정도로 좋은 시설을 갖추고 있었는데 좁기는 했지만 온도도 일정하게 유지되고 편한 의자도 마련되어 있었다.

그리 크지는 않았지만 알차게 디자인되어 있어 상당히 편리했다. 세이프리에 대한 공헌도를 채울 수 있다면 상점을 내는 것보다 차라리 노점을 대여해 장사하는 편이 현재 아르케디아인들의 입장에서는 나을지도 몰랐다.

신성은 이 노점을 빌리는 데 단 한 푼도 사용하지 않았다. 세이프리의 대리자는 세이프리의 모든 대여 아이템을 무료로 사용할 수 있기 때문이다.

'그러고 보니 잠을 거의 안 잤네.'

아이템을 가공하고 레어의 정보를 살펴보는 등 여러 가지를 신경 쓰느라 잠을 거의 자지 않았기에 순식간에 잠에 빠져들었다. 드래고니안이 되었기 때문인지 잠을 깨는 시간을 스스로 조절할 수가 있었다. 계속해서 잠을 자려고 하면 아마 한 달도 넘게 잘 수 있을 것 같았다.

신성은 정확히 20분을 채운 시점에서 눈을 떴다.

정신이 맑아진 것이 느껴졌다. 깊이 숨을 내쉰 후 신성은 노점 밖으로 나왔다.

"나왔다!"

"캐시 상인이다!"

"지, 진짜야! 진짜가 떴다!"

신성이 나오는 순간 환호 소리가 쏟아져 나왔다. 고개를 들어 주변을 바라보니 엄청나게 많은 수의 아르케디아인들이 몰려와 있었다. 주변에서 장사하는 상인들도 장사를 접고 그 대열에 합류했다.

예상보다 훨씬 많은 수에 신성은 잠시 말을 잃었다. 몬스터 웨이브 이후로 이 정도로 몰려 있는 아르케디아인을 보는 것이 처음이다.

'에르소나의 길드도 있군.'

에르소나는 아직 모습을 드러내지 않았지만 에르소나의 길드원들이 보였다. 모두 비활성 마석에서 얻은 좋은 갑옷을 입고 있었는데 왼쪽 가슴이나 어깨 부분에 방패 모양의 길드 마크가 새겨져 있었다.

드래곤의 눈으로 그 길드 마크가 부여하는 버프를 볼 수 있었다.

[F+] 수호자의 길드 마크
버프 효과
*올 스텟 +7
*행운 +10
*추가 공격력 1.2%
*이로운 마법 효과 상승 2.2%

[F+]랭크치고는 꽤나 버프 효과가 좋은 편이었다. 길드 랭크가 오를수록 버프 효과가 상승하게 되니 시간이 지나면 더 좋은 버프로 바뀌게 될 것이다.

모두가 신성에게 시선을 고정했다. 다양한 종족이 자신을 바라보고 있는 풍경은 굉장히 이색적이었다. 묘인족들은 캐시 아이템보다는 황금잉어를 비롯한 희귀 물고기를 보며 눈을 빛내며 침을 흘리고 있었다. 물고기의 자극적인 냄새가 마치 마약처럼 느껴지고 있는 것이다.

드워프나 페어리는 마력의 황금색 가루와 빛나는 강화석 때문에 안절부절못하고 있었다. 빛나는 강화석으로 8강을 하게 되면 막대한 경험치와 스킬 포인트를 얻을 수 있었고, 마력의 황금색 가루로 아이템을 랭크 업 시켜도 마찬가지였다.

신성은 아르케인들을 바라보며 입을 떼었다.

"지금부터 판매를 시작하겠습니다. 황금잉어부터 시작합니다. 황금잉어는 요리 재료로도 가치가 높지만 연금술 재료로도 대단히 좋은 재료라는 것을 모두 아실 것입니다. 500C부터 시작합니다."

신성이 손을 뻗자 노점상 앞에 커다란 정보창이 떴다. 정보창에는 황금잉어의 확대된 사진과 정보가 나열되어 있었다. 이곳에 있는 모두가 볼 수 있는 정보창이었다.

정보창 가장 밑에 큰 글씨로 쓰여 있던 '입찰 불가'가 '입찰 가능'으로 바뀌었다.

'개인 5회 입찰 가능'이라는 메시지가 떠오른 순간이다.

"600C!"

"700C"

"800C!"

묘인족 두 명이 제일 먼저 입찰을 했다. 입찰 가격을 부르니 자동적으로 정보창에 묘인족의 이름이 적히며 입찰 가격이 떠올랐다. 더 높은 가격을 부르면 자동으로 바뀌게 되는 형식이었다.

"으음, 1KC!"

[생선을 좋아하는] 희수냥

입찰 가격 : 1KC

남은 입찰 권한 : 3회

1KC를 끝으로 주변이 조용해졌다.

신성은 차분한 눈으로 다른 이들을 바라보았다.

이런 정체되어 있는 분위기는 좋지 않았다. 황금잉어는 얼음 호수에서만 나오는 희귀한 재료이기는 하나 1KC 이상의 돈을 들이면서까지 구매할 만한 재료는 아니었다.

캐시 아이템 이외에 이목을 끌 만한 요소가 없는 것은 당연했지만 신성은 입찰에 불을 붙일 필요성을 느꼈다.

"더 없으십니까? 이번 투자는 장래에 큰 도움을 줄 것입니다."

그러나 주위가 조용했다. 신성은 고개를 끄덕이며 다시 입을 떼었다.

"옳은 투자는 마땅히 보상 받아야 합니다. 지금부터 아이템을 구입하시는 모든 분께 자유 입찰 권한을 드리겠습니다."

자유 입찰 권한!

신성의 목소리가 아르케디아인들의 귀에 꽂혀들어 갔다.

자유 입찰 권한은 판매자가 부여할 수 있는 특권이었다.

경매장이 아닌 이상 일반적으로 이런 노점에서 이루어지는 입찰 경쟁에서 입찰 횟수는 각 개인마다 한계가 있었다. 무료 대여 노점은 3회가 한계였고, 노점의 랭크가 높을수록 입찰 권한 횟수가 높아졌다.

과도한 가격 형성을 막고 경매장으로 유도하여 세금을 회수하기 위한 정책이었다. 경매장은 모두 자유 입찰이었다.

자유 입찰 권한을 열게 되면 노점은 간이 경매장으로 인정되기 때문에 판매 수익의 일정 부분을 세금으로 내야 했다.

세금의 비중이 누적되는 형식이었는데, 해당 노점에 자유 입찰 권한을 지닌 인원수가 많아지면 많아질수록 내야 하는 세금이 급격히 늘었다.

상업특구의 세금 감면 혜택이 무의미해지고 자칫 잘못하면 오히려 판매 수익보다 더 많은 세금을 납부해야 할 수도 있는 것이다.

때문에 노점상을 하면서 자유 입찰 권한을 부여하는 일은 거의 일어나지 않았다. 주로 일 대 일 방식의 거래를 하거나 기껏 해봐야 두세 명이 입찰에 참여하는 노점에서는 그럴 필요와 이유가 전혀 없었기 때문이다.

'내가 하면 다르지.'

그러나 신성은 세이프리의 대리자였다. 세금 면제 혜택을 아주 충실하게 누리는 중이다.

세이프리는 성향의 기준이 낮은 휴먼족의 도시나 그밖에 다른 도시가 아니었다.

루나가 관리하는 세이프리에서 그러한 위치에 있는 자가 권한을 남용하게 되면 성향이 하락하여 패널티를 받게 될 테지만 그의 성향은 드래곤이었다.

선행과 악행에 대한 보상과 패널티가 존재하지 않았다.

신성은 다시 차분하게 말하기 시작했다.

"저는 판매 수익에 욕심이 전혀 없습니다. 모든 것이 여신 루나 님의 은총이니만큼 모든 판매 수익은 여신 루나 님의 이름으로 유용한 곳에 쓰이게 될 것입니다. 모험가 여러분, 부디 세이프리를 위해 투자해 주십시오."

신성의 음성은 아름다웠고 절실함이 묻어 있었다.

드래곤 레어에 투자하거나 세계수를 키우는 일 모두 루나에게 좋은 일이었으니 거짓말은 아니었다. 세계수가 완성되면 세이프리에게도 무척이나 좋은 일이었다.

아르케디아인들이 웅성거리기 시작했다.

이곳에 20레벨을 돌파한 여러 상위 종족, 그리고 대형 길드의 길드원들이 모여 있는 목적은 단 하나였다.

바로 캐시 아이템 때문이었다. 입찰의 한계 때문에 신중하게 가격을 불러야 했지만 만약 자유 입찰 권한이 있다면 이야기는 180도 달라지게 된다. 보다 공격적인 입찰이 가능한 것이다.

아르케디아인들이 웅성거리기 시작했다. 특히 상위 종족들의 무심하던 눈빛이 달라졌다. 은행으로 뛰어가는 여러 길드의 길드원도 보였다.

"1,100!"

가면 속의 신성이 씨익 웃는 순간 입찰 경쟁이 시작되었다. 방금 전까지만 해도 농담 섞인 말들이 꽤나 나왔는데 지금은 진지한 분위기가 형성되어 있었다.

세이프리를 위해, 자신을 위해 투자하고 있는 것이다.

"1,500!"

"1,700!"

"으음……."

묘인족 여성이 고민 어린 표정을 지었다. 그러다가 주변의 지인들과 이야기를 나누더니 고개를 끄덕이면서 입을 떼었다.

"2KC!"

레어 장신구를 단 묘인족 여성이 2KC를 부르자 주변이 잠잠해졌다. 아직 아이템이 많이 남아 있으니 다음 아이템을 노리자는 분위기였다. 황금잉어를 2KC나 주고 사는 것은 분명 엄청난 손해였다.

드롭률이 낮은 하급 마정석이 하나에 100C였고, 그런 하급 마정석 20개를 모아야 만들 수 있는 것이 2KC였다.

본래 황금잉어의 값어치보다 훨씬 높은 가격이었지만 주변 분위기 때문인지 묘인족 여성은 어깨를 으쓱할 뿐이다.

"황금잉어가 2KC에 낙찰되었습니다. 희수냥 님께 자유 입찰 권한을 드리겠습니다."

"나이스!"

신성의 말에 묘인족 여성이 주먹을 불끈 쥐며 외치자 주변에서 웅성거림이 터져 나왔다.

"아, 더 부를 걸 그랬나?"

"아냐. 차라리 구하기 힘든 걸 사는 게 나아."

"그렇지? 이제 시작이니까."

묘인족 여성 앞에 거래창이 떠올랐다. 노점에 달린 거래 시스템이었는데 그것 역시 구현되어 있었다. 마력 코인을 올려놓고 승낙을 누르면 자동적으로 아이템과 바뀌는 형식이었다. 그 과정에서 세금이 루나의 탑으로 전송되지만 모든 마력 코인은 온전히 신성의 인벤토리로 들어왔다.

'처음부터 2KC라… 시작이 좋군.'

신성의 눈빛에 떠오른 탐욕을 만족시켜 줄 정도였다.

대단히 순조로웠다. 예상보다 더 많은 마력 코인을 뽑아낼 수 있을 것 같았다.

아직 남은 아이템은 많았다.

장사는 이제 시작일 뿐이었다.

장사가 계속될수록 더 많은 아르케디아인들이 몰려들었다. 주변에 제법 높은 랭크의 모험가 팔찌를 지닌 이들이 있었는데 음성 통화 및 아르케 넷으로 실시간 중계가 가능한 기능이 달려 있었다.

현재의 상황이 아르케 넷을 통해 빠르게 퍼져 나가고 있었다. 재미있는 점은 유료 중계를 하고 있다는 점이다.

신성은 가공한 아이템들을 빠르게 팔아치웠다. 자유 입찰 권한에 눈독을 들인 아르케디아인들이 높은 가격으로 아이템을 쓸어갔다. 인벤토리에 두둑하게 마력 코인이 쌓이고 있었다. 그럴수록 신성은 절로 웃음이 나왔지만 결코 티를 내지 않았다. 신성한 캐시 상인의 모습을 유지해야 하기 때문이다.

열기는 뜨거웠다. 안전 지역이 아니라면 서로 대결을 했을지도 모를 정도였다. 두 길드가 서로 마음이 상해 대립각을 세우기도 했다.

'이제……'

캐시 아이템 전에 마지막 남은 것은 골드레빗의 황금 망토였다. 마지막 남은 자유 입찰 권한이 달려 있었고, 황금 망토는 꽤나 멋진 데다 능력치도 좋아 경쟁이 치열했다. 특히나 치장 아이템임에도 불구하고 속성석을 박을 수 있다는 장점은 치열한 경쟁을 불러일으켰다.

신성은 차분하게 상황을 지켜보았다.

"4KC!"

"5KC!"

5KC가 나온 이후로 주변이 조용해졌다. 모두 난색을 표하고 있었는데 5KC를 부른 견인족 남성이 씨익 웃었다. 그는 소형 길드를 이끌고 있는 길드 마스터였다. 부담스러운 가격이었지만 캐시 아이템을 하나라도 낙찰 받을 수 있다면 이정도 투자는 아무것도 아니게 될 것이다. 강남 마석 공략에서 활약한다면 투자금을 회수할 수 있을 뿐만 아니라 더 높은 위치까지 올라갈 수 있을 테니 말이다.

신성 역시 5KC면 충분하다고 생각했다.

신성이 가격에 만족하며 그에게 낙찰을 하려 할 때였다.

"더 없으시면 금광지 님께⋯⋯."

"8KC!"

아름다운 목소리가 울려 퍼졌다. 그 목소리는 이목을 집중시키는 힘이 있었다.

주변에 순식간이 정적이 내려앉았다. 신성 역시 고개를 돌려 목소리의 주인을 바라보았다. 주변에 있던 아르케디아인들이 양옆으로 홍해가 갈라지듯 갈라졌다.

'드디어 나타났군.'

신성은 목소리를 들은 순간 바로 누구인지 알아차릴 수 있었다.

"에르소나!"

"수호자의 길드 마스터!"

"실제로 보는 건 처음이야."

"오오, 하이엘프!"

그녀다운 등장이었다.

여러모로 바쁜 스케줄을 뒤로하고 이 자리에 나타난 것이다. 에르소나가 신성을 바라보았다. 그녀가 지닌 진실의 눈으로도 신성의 정체를 볼 수 없었다. 필드로 나간다면 이야기는 달라지겠지만 안전 지역에 한해서는 정보를 숨길 수 있었기 때문이다.

신성은 처음부터 그녀가 등장하길 기다리고 있었다.

결코 반가운 존재는 아니었지만 지금은 꽤나 반가웠다. 세이프리에서 가장 큰 돈의 운용이 가능한 자가 바로 에르소나였기 때문이다.

에르소나는 등장부터 돈 냄새를 철철 풍겼다.

"낙찰되었습니다. 에르소나 님께 자유 입찰 권한을 드리겠습니다."

목소리마저도 차이가 났기에 그녀라고 할지라도 캐시 상인이 신성인 것을 눈치채지 못했다. 정보 숨김 효과를 받으며 신의 목소리를 내고 있었기에 완전히 다른 사람으로 인식되고 있는 것이다. 아니, 그 목소리는 마치 루나와 같은 신을 보는 것 같아 아르케디아인이라고는 생각할 수 없을 정도였다. 게다가 신성의 복장에서 뿜어져 나오는 은은한 신성력은 확실히 루나의 것이었다. 에르소나는 그것만은 읽을 수 있었다.

이곳에서 신성을 아르케디아인, 그러니까 플레이어이던 자라고 생각하는 자는 없었다.

에르소나는 즉석에서 망토를 입었다. 그녀의 미모와 황금빛의 망토는 상당히 잘 어울렸다. 주변의 아르케디아인들이 잠시나마 경쟁을 잊고 감탄할 정도였다. 그녀는 날카로운 눈으로 상점에 있는 아이템을 바라보았다.

신성은 그녀의 반응에 눈을 빛냈다. 그녀는 확실히 아주큰 고객이었다. 신성을 만족시킬 만한 자금력을 지니고 있었다. 그리고 이 입찰 경쟁에 화끈하게 불을 질러줄 능력을 지니고 있었다.

'지금까지의 수입이 43KC로군.'

1KC짜리 마력 코인 43개가 인벤토리에 곱게 보관되어 있었다. 43KC라면 공방과 레어 운영에 필요한 최소한의 것들을 구입할 수 있는 수준이다. 그러나 세계수를 심고 여러 가지 계획을 진행시키려면 이보다 훨씬 많은 마력 코인이 필요했다.

"그럼 빛나는 강화석에 대한 입찰을 시작하겠습니다."

드디어 캐시 아이템의 판매가 시작되었다. 자유 입찰 권한을 받은 아르케디아인들은 눈을 빛내며 신성을 바라보았다.

신성은 캐시 아이템을 단번에 팔 생각은 없었다.

오늘은 빛나는 강화석 3개와 안전기원석 2개, 그리고 마력의 황금색 가루 1개만 팔 생각이다. 시간을 두고 천천히 판다면 가격은 더욱 올라갈 것이다.

"빛나는 강화석은 중복 구매가 불가능하니 그 점 참고하시길 바랍니다. 5KC부터 시작합니다."

기회는 다양하게 주는 것이 좋았다. 에르소나의 독주를 견제할 수 있는 구도가 형성될 가능성도 있었다. 어쨌든 아르케디아인들의 능력을 강화할 필요성이 있었기에 신성은 앞으로도 캐시 아이템을 만들어 꾸준히 판매할 생각이다. 루나의 이름으로 판매한다면 루나 역시 성장할 수 있을 것이다.

물론 돈은 확실히 받아낼 생각이다.

'앞으로 나타나는 적들을 생각해 보면 강화는 필수지. 바빠지겠어.'

생산 인프라를 갖추는 것이 필수였다. 드래곤의 레어를 이용하면 어느 정도 해결이 될 것 같았다.

지금부터 천천히 해나가면 될 것이다. 이제 막 메인 퀘스트가 시작된 시점이다. 입찰이 시작되자 여러 상위 종족들이 눈치를 보다가 입찰 경쟁에 뛰어들었다.

"10KC."

"12KC."

"13KC!"

"15KC!"

가격은 빠르게 치솟았다. 빛나는 강화석은 8강까지라면 그럭저럭 높은 확률로 강화를 시도할 수 있었다. 물론 반드시 성공한다는 보장은 없었다.

"20KC."

에르소나가 단번에 가격을 올려 버렸다. 그러자 주위에서 신음이 새어 나왔다. 상대가 에르소나라고 하더라도 양보하기 쉽지 않은 아이템이었다. 마석 공략에서 확실히 우위를 차지할 수 있게 만들어줄 희망이기 때문이다.

"22KC!"

"25KC."

그러나 에르소나는 빼앗길 생각이 전혀 없었다.

대단히 높은 가격이다.

입찰 경쟁에 참여한 아르케디아인들은 차라리 강화석 1개를 양보한다는 느낌으로 내어주는 것이 앞으로 미래를 위해서 좋겠다고 생각했다. 지금 무리하게 가격을 올리는 것보다는 다음 것을 노리는 것이 좋을 것 같기도 했다.

'25KC라… 다소 무리한 면이 있군.'

지금 이 상황은 아르케 넷에 올라가고 있었다. 에르소나

입장에서도 자신의 우월함을 드러내는 것이 향후 모험가 대표로서의 위치를 지켜나가는 데 있어서 유리할 것이다.

머리 굴러가는 소리가 들렸다.

그녀는 똑똑했으니 여러모로 모든 상황을 고려하고 있음에 틀림없었다. 확실히 지금 에르소나가 입고 있는 복장도 능력치보다는 외관에 치중해 있었다.

"에르소나 님께 낙찰되었습니다."

입찰 경쟁에 참여하지 않은 아르케디아인들의 입에서 탄성이 뿜어져 나왔다. 그들은 현 최상위 레벨들이 입찰에 참여하는 모습을 구경하며 즐기고 있었다. 이 틈에 빠르게 머리를 굴려 음식이나 음료수를 판매하는 수인족들도 보인다. 드워프들은 어디서 가져왔는지 캔맥주를 까며 시끄럽게 떠들고 있었다.

에르소나에게 빛나는 강화석이 넘어갔다. 신성은 에르소나가 이대로 끝내지 않을 것임을 잘 알고 있었다. 지금 많은 아르케디아인들이 현장에서, 그리고 아르케 넷에서 그녀를 주목하고 있었다. 에르소나는 자신이 아름답다는 것을 잘 알고 있었고, 그것을 지금까지 충분히 이용했다.

에르소나가 자신을 바라보고 있자 신성은 그녀를 바라보며 입을 떼었다.

"하실 말씀이 있으십니까?"

"보잘것없는 액수지만 감사의 마음을 담아 5KC를 루나 님께 바치겠습니다. 부디 저희의 앞날을 축복해 주시길."

에르소나는 즉석에서 5KC를 꺼내 두 손에 올려놓고 기도했다. 그러자 마력 코인에서 빛이 뿜어져 나오더니 빛줄기가 되어 어디론가 날아갔다.

그런 퍼포먼스를 보인 에르소나는 우아한 걸음으로 뒤로 물러났다.

"다른 분들은 하실 말씀 없으십니까?"

"크, 크흠, 루나 님께……."

"저도……."

신성의 말에 에르소나와 가격 경쟁을 하던 이들도 질 수 없다는 듯 각자 마력 코인을 꺼내며 루나에게 바쳤다.

[이기적인 성향을 지닌 모험가들이 헌신적인 모습을 보여주었습니다.]

[여신 루나의 위엄 랭크가 상승합니다.]

*[F+] 허당 여신→[E-] 귀여운 여신

*도시 운용 포인트 700P

*루니의 가호에 추가적인 버프 효과가 생성되었습니다.

*축복의 봉헌상 잠금 해제

[D] 축복의 봉헌상(루나교)

여신 루나의 권능으로 도시에 설치할 수 있는 조각상. 루나의 위엄이 성장하여 잠금이 해제되었다.

조각상에 마력 코인을 바치면 그 액수에 따라 다양한 버프 효과를 얻을 수 있다. 봉헌된 마력 코인은 세이프리의 재정으로 귀속된다.

축복의 봉헌상을 설치하기 위해서는 수석 프리스트와 신관들의 고생과 정성이 필요하다.

신성에게만 보이는 창이 떠올랐다.

루나 역시 아르케디아인들과 마찬가지로 성장하고 있었다. 아르케디아인들이 루나를 믿고 의지하면 할수록 루나의 힘이 강해지고 있는 것이다.

"그럼 빛나는 강화석 입찰을 시작하겠습니다. 25KC부터 시작합니다."

"크흠……."

"낙찰 가격이 최소가라는 건가?"

"이런, 역시 양보해서는 안 돼."

비난의 화살은 시작 가격을 올려 버린 신성에게 향하지 않았다. 입찰 경쟁에 참여한 아르케디아인들의 표정에 난감한 기색이 서렸다. 가격을 올려놓은 에르소나를 속으로 원망했지만 겉으로 티를 내지는 않았다. 지켜보는 이들이 너무 많 았기 때문이다.

신성의 눈에는 저들 모두가 마력 코인으로 보였다.

＊   ＊   ＊

캐시 아이템의 경쟁은 제법 치열했다. 빛나는 강화석은 예 상보다 비싼 가격에 팔렸고 다른 아이템들도 마찬가지였다. 에르소나는 능숙하게 다른 경쟁자의 마력 코인을 낭비하게 만들어 신성에게 제법 많은 이득을 안겨주었다.

가상 수목을 많이 받았지만 제일 효과적으로 마력 코인을 소모한 자 역시 에르소나였다.

에르소나는 여러모로 참 독한 여자였다. 동물로 비유하자 면 뱀에 가까울 것이다. 그것도 피까지 얼음으로 되어 있는 뱀 말이다.

신성은 준비된 아이템을 모두 팔아 273KC를 얻을 수 있었 다.

'며칠 동안 잠을 자지 않고 고생한 보람이 있네.'

그야말로 내박이었다. 아마 아르케디아인 중에 신성이 제 일 많은 마력 코인을 지니고 있을 것이다. 물론 길드의 재정 에는 못 미치겠지만 말이다.

"그럼 다음에 뵙도록 하겠습니다. 추후에는 더 많은 물량으로 찾아뵙겠습니다. 부디 세이프리를 지켜주시길 바랍니다."

그렇게 말을 마친 신성은 노점을 접고 루나의 탑으로 가는 포탈을 열었다. 루나의 탑에 오자마자 신성은 다시 포탈을 열었다.

드래곤 레어로 가는 포탈이다. 드래곤 레어를 만들면서 자연스럽게 등록된 포탈인데 루나의 탑으로 향하는 포탈과는 느낌 자체가 달랐다. 루나의 탑으로 향하는 포탈이 성스러운 느낌이라면 드래곤 레어로 향하는 것은 마계의 문과도 같은 형상이었다. 이런 것을 다른 이들에게 보여주는 것은 여러모로 곤란해 보였다.

드래곤 레어에 돌아오자 가면을 벗은 신성은 피식 웃었다. 연기를 하는 것은 취향이 아니었지만 해보니 나름 재미가 붙은 것이다. 다음번에는 더 능숙하고 스케일이 큰 장사판을 만들 수 있을 것도 같았다.

'세이프리에 캐시 상점을 내는 것을 검토해 봐야겠어. 음, 아예 콜로세움을 본뜬 경매장을 지어볼까?'

그렇게 하려면 막대한 재정이 들어갈 것이다.

확실히 오늘 판매는 분위기가 제법 좋았다. 경매를 하나의 축제로 만드는 것도 나쁘지 않을 것 같았다. 세이프리의 이익을 가져다줄 수도 있고 추후 다른 도시로 진입이 가능해졌을 때 그곳으로 거점을 옮기는 것을 저지할 수도 있을 것이다. 캐시 아이템 판매가 세이프리에서만 이루어진다는 것 역시 크게 작용할 것이다.

'그러기 위한 전제 조건은 세계수겠지. 도시 간 이동 포탈 구축은 꼭 해야 해. 도시나 마을 간의 무역 루트도. 해야 할 일이 너무 많군.'

그저 세이프리의 대리자로서 적당히 하려고 했지만 루나가 파트너가 되었으니 그렇게 할 수 없었다.

신성은 세이프리를 최고의 도시로 만들고 싶었다. 드래곤의 탐욕이 작용하고 있기 때문인지도 몰랐다.

레어 안으로 들어오자 마력 코인을 잔뜩 손에 쥐고 있는 루나가 보인다.

그녀의 얼굴에는 행복한 미소가 가득했다. 그러나 신성과는 다르게 그 어떤 욕심도 보이지 않았다. 그저 순수한 기쁨이었다.

"오셨어요, 신성 님? 아르케디아의 착한 모험가 분들께서 저에게 마력 코인을 주셨어요. 그것도 엄청 많이."

"그래?"

"그래서 드래곤 상점에서 가구들을 사봤어요. 이제 식탁도 있구요, 의자도 두 개, 그리고⋯ 아, 서재도 만들었는데 거기서 신성 마법을 가르쳐 드리면 될 것 같아요."

드래곤 레어를 슬쩍 둘러보니 전보다 훨씬 따듯한 분위기가 흐르고 있다.

"나쁘진 않네."

"그렇죠? 이젠 뭔가 갖춰진 느낌이에요."

"응. 가난하지만 조금씩 꾸려가는 재미가 있어."

드래곤 레어도 세이프리도 신성의 눈을 만족시킬 수준은 결코 아니었다. 만렙이던 신성은 세이프리와 비교도 할 수 없는 화려한 도시를 모두 경험했기 때문이다.

드워프의 자존심, 황금도시 골디리안, 비밀에 싸인 해저 도시 아틀란티스, 향락의 도시 히스티아.

모두가 대단한 도시들이었다.

'음…….'

루나가 고른 가구는 그럭저럭 우아했지만 조금 더 화려했으면 좋겠다고 신성은 생각했다.

CHAPTER 6
메인 퀘스트의 시작

강남은 예전과 상당히 바뀌어 있었다.

화려한 빌딩과 시끌벅적했던 거리의 모습은 이제 찾아볼 수 없었다.

아름다운 빛깔이 가득한 곳이 되어 있었다.

부서진 건물들 사이에서 아름다운 빛을 뿜어내는 광석들이 보였고 부서진 도로를 뚫고 신비스러운 꽃과 나무들이 솟아나 있었다. 탐스럽게 열린 과일은 굉장히 먹음직스러웠다.

슬라임을 포함한 비선공 필드 몬스터들이 무리를 지어 다니며 과일을 먹거나 꽃이나 나무의 씨앗들을 심고 있었다.

평화롭고 포근해 보이는 그런 풍경의 중앙에 거대한 마석이 떠있었는데, 몬스터 웨이브의 원흉이었던 마석이었다.

대참사를 야기한 마석에 대한 이야기는 지금도 한국뿐만 아니라 세계 각지에서도 연일 계속해서 보도되고 있었다.

각국의 대도시에도 천공의 도시 세이프리처럼 도시들이 나타났기 때문에 한국에서 일어난 참사가 자신들에게도 일어날 것 같아 불안에 떨고 있기 때문이었다.

유일한 희망이라고 볼 수 있는 아르케디아인들에 대한 파격적인 대우는 당연한 것이었다. 한국도 그 흐름에 편승하여 언론을 통해 아르케디아인들의 좋은 점을 부각시켜주며 영웅 만들기에 급급했다.

서울에서 몬스터 웨이브 때 죽은 아르케디아인들을 위한 추모식이 열렸는데 대통령까지 직접 참석하여 추모했고 에르소나를 포함한 주요 아르케디아인들 역시 참석했다.

재미있는 점은 다른 나라의 고위 직급들 역시 참여를 했다는 점이다. 그 자리를 통해 앞으로의 일에 대해 여러 대화가 오갔다는 것이 전문가들의 의견이었다.

아르케디아인에 대한 대중의 관심이 점점 뜨거워지고 있었다. 결정적인 계기는 추모식을 통해 TV로 노출된 하이엘프 에르소나와 다른 하이엘프들의 뛰어난 외모 때문이었다. 에르소나의 사진이 SNS를 통해 빠르게 확산되자 각종 뉴스나 웹사이트는 그녀에 대한 이야기로 모조리 도배가 되어버렸다.

하이엘프의 외모는 너무나도 압도적이었다. 외모와 몸매는 완벽에 가까워서 신성하게 느껴질 정도였다. 그중에서도 에르소나는 단연 원탑이었다.

에르소나의 사진과 각 나라에서 가장 예쁘다고 알려진 연예인들의 사진이 나란히 올라왔는데 모두 에르소나의 압승이었다. 뜻하지 않게 현재 SNS에서는 '굴욕 리스트'를 만드는 유행이 번지고 있었다.

아르케디아인들에게 가장 호의적이고 가장 많은 대우를 해주고 있는 한 국가에서는 엘프나 수인족들이 TV에 출현하기까지 했다.

다른 나라처럼 한국 역시 아르케디아인들을 위한 많은 정책들이 쏟아져 나오고 있었다. 일단 아르케디아인들에 대한 좋은 이미지를 만드는 중이라 정확한 발표는 하지 않았지만 이미 물밑 작업은 끝내놓은 상황이었다.

그렇게 지구의 풍경이 급속도로 변하고 있었다. 그 변화는 이제 시삭에 불과했다.

아무튼 강남 마석의 주변에는 많은 아르케디아인들이 모여 있었다. 메인 퀘스트라고 알려진 강남 마석 공략의 시기가 다가온 것이다. 강남 마석을 공략하지 못하고 계속해서 메인 퀘스트가 진행되게 되면 몬스터 웨이브 따위는 아무것도 아닌 사태가 발생할 것이다. 때문에 마석을 제거 할 수 있을 때 확실히 제거 해놓는 것이 좋았다.

불의 엘더 아인트는 마석 앞에서 서류를 바라보며 인상을 찡그렸다.

"물자는 아직 멀었나?"

"아, 예. 지금 오고 있다고 합니다."

"늦는군."

마석 공략을 위한 물자들은 육로를 통해 오고 있었다. 인벤토리에 들어가지 않는 대규모 물자들을 옮길 때는 포탈을 이용하지 않는 편이었다.

마력 코인의 소모가 극심했기 때문이다. 아르케디아 온라인에서는 급한 일이 아니고서는 도시와 도시 간에 큰 물건들이 오가는 무역은 비공정이나 와이번 택배 같은 것을 이용하는 편이었다.

현재 마석 공략을 위한 물자는 세이프리 밑에서부터 육로로 옮기는 중이었다. 아인트는 생각보다 늦어지는 일정에 깊은 한숨을 내쉬었다.

'음······.'

메인 퀘스트가 진행되는 마석은 보통 마석과는 달랐다. 기본적으로 오픈 필드였고 그 안에 마석의 수호자가 기거하고 있는 보스 존이 있었다.

화끈한 모험과 스릴이 가득한 메인 퀘스트!

그런 문구로 시작되는 아르케디아 온라인 티저 동영상은 과거 많은 이들의 마음을 움직였다.

개발자들이 공을 들인 것이 바로 메인 퀘스트가 진행되는 무대였다. 미로를 포함한 여러 가지 컨텐츠들이 가득했는데, 그것은 게임에서나 재미있고 스릴있는 일이지 그것이 현실이 된 지금은 재앙이나 마찬가지였다. 때문에 상당한 준비가 필요했다. 다행인 점은 아르케디아인들의 의욕이 넘친다는 점이었다.

몬스터 웨이브 때와는 다르게 자발적으로 참여하는 인원들이 꽤나 많았다.

'비활성 마석과는 비교도 되지 않는 아이템들이 나오겠지.'

죽음을 각오할 만했다. 마석 안에서 나오는 재료 아이템만 해도 비활성 마석과는 비교할 수 없을 정도로 질이 좋았다. 보상이 있는 진정한 모험을 할 수 있는 것이다.

"김갑진은 어디 있지?"

"아… 김갑진 님은 과로로 쓰러지셨다고 들었습니다."

"음?"

아인트에게 조용히 말을 건넨 것은 커다란 서류를 들고 있는 드워프였다. 작은 체구에 안경을 쓰고 있고 커다란 가방을 등에 메고 있었다. 어린아이를 보는 것 같았지만 콧수염을 멋들어지게 기르고 있었다.

그 모습은 안 어울릴 것 같지만 묘하게 어울렸다.

"과로?"

"네, 봉헌상인지 뭔지를 만들다가 신성력과 정신력을 모두 소모하셨다고 하더라구요. 다른 신관들도 마찬가지라던데……"

"그래서 신관들이 안 보이는 거였군. 이동 신전 구축은… 나중으로 미뤄야겠어."

아인트는 깊은 한숨을 내쉬며 고개를 끄덕였다.

여신 루나를 찾으러 다니는 김갑진의 수척한 얼굴이 떠올랐다. 신전에 관한 일은 모두 루나의 허락이 있어야 했으니 결재를 받아야 할 서류가 김갑진의 방에 아주 많이 쌓여 있었다.

오싹!

아인트는 소름이 돋는 것을 느꼈다. 김갑진의 모습에서 어째서인지 자신의 미래가 보이는 것 같았기 때문이다.

'그럴 리가 없지. 나도 피로가 쌓였나보군.'

아인트는 불의 엘더였다.

항상 최고의 전투 마법을 펼칠 수 있게 맑은 정신을 유지했다. 긴 숨을 내쉬자 주변에 불꽃이 터져나가며 머리가 맑아졌다.

"물자가 도착하면 바로 진지 구축을 해야 하니 보고하도록."

"네. 알겠습니다!"

아인트는 커다란 마석을 바라보았다. 그의 얼굴에는 근심이 가득 떠올라있었다.

*　　　*　　　*

신성은 오랜만에 푹 휴식을 취했다. 비활성 마석에서부터 거의 쉬지도 않고 달려온 터라 정신적으로 지쳐 있었다.

중간에 잠시 눈을 붙이기는 했지만 그것만으로는 역시 부족했다.

드래고니안의 휴식은 대단히 깊어서 거의 동면 수준이었는데 루나가 옆에서 손가락으로 볼을 찌르거나 마구 꼼지락거려도 미동조차 하지 않았다.

신성이 일어난 것은 삼일이 훌쩍 지난 시점이었다.

[T] 드래곤의 잠은 보약

총 수면시간 : 3일

판정 : E

상처 회복 : 100%

체력 회복 : 100%

마력 회복 : 100%

버프 효과 : 행운 +20(3일), 마력 회복 속도 : 5%(3일)

　경험치 7%(4일)

긴 잠을 자게 되면 체력과 마력 심지어 상처까지 모두 회복할 수 있었다. 게다가 버프 효과도 있었는데 수면 시간이 길면 길어질수록 더 좋은 버프를 받을 수 있었다.

말 그대로 잠이 보약이었다.

신성은 정신이 맑아진 것을 느끼며 자리에서 일어났다. 몸이 뻐근하거나 그러지는 않았다. 현재 그는 최상의 상태라고 보면 될 것이다.

요리를 만들고 있던 루나가 신성이 일어난 것을 발견하고는 싱긋 웃었다. 제법 좋은 냄새가 드래곤 레어에 감돌았다. 식탁에 요리를 차려놓다가 루나가 갑자기 흠칫 놀라며 눈을 깜빡였다.

"앗! 으으… 가봐야 할 것 같아요. 수석 프리스트님이 쓰러졌어요. 돌아와서 신성 마법을 가르쳐드릴게요! 아! 밥은 꼭 챙겨 드세요!"

루나가 포탈을 열고는 사라졌다. 신성은 식탁에 차려진 요리를 바라보았다.

[T] 신성한 당근탕(레어)

여신 루나가 요리 스킬로 만든 보양식이다. 신성력이 잔뜩 든 탕에 마력 당근과 여러 가지 재료를 가득 넣어 만들었다. 기본적으로 맛은 보장되어 있으니 안심하고 먹어도 된다.

*효과 : 활력 10% 증가(30분), [F+] 상처 치유

먹어보니 꽤나 맛이 좋았다. 마력 당근은 보통 당근과는 달리 상당히 식감과 향이 좋았다. 아마 미식가들이 먹어본다면 깜짝 놀랄 것이다.

'이제 움직여 볼까.'

마력 코인을 소비할 때가 되었다.

신성은 벌어들인 마력 코인을 드래곤 레어에 투자하기 시작했다.

가장 먼저 산 것은 역시 일꾼 숙소였다. 드래곤 레어에 던전이 편입되었으니 일꾼을 통해 자원 채취가 가능했다.

일꾼 숙소는 벽돌집 안이 아니라 드래곤 레어 주변에 소환

할 수 있었는데 벽돌집과 마찬가지로 랭크가 낮아 그리 좋아
보이지는 않았다.

[F+] 일꾼 숙소

던전에 등록된 일꾼들이 머무는 숙소.

드래곤 레어의 랭크가 상승되면 마력 코인의 투자를 통해
업그레이드 가능하다.

*일꾼 숙소는 몬스터의 마력분신을 생성할 수 있는 기능을
갖추고 있다. 일꾼 숙소에 등록된 몬스터와 몬스터의 마력 분
신들은 노동 시간마다 자원을 채취하거나 그와 관련된 작업을
하게 된다. 고용 노동소가 있다면 효과적인 작업에 대한 지시
를 내릴 수 있다.

진정한 고용주라면 고용 노동소를 통해 몬스터들의 복지를
책임져 주도록 하자.

*보유 몬스터

[F+] 레드레빗

[F+] 큰 앞발 빅 베어(정예)

[F+] 골드레빗(마석의 수호자)

*[F+] 일꾼 피로 회복

*생성 가능한 마력 분신 수 : 10

*유지비 : 3000C/월

던전의 힘으로 보유한 몬스터의 마력 분신을 만들어 작업을 시킬 수 있게 되었다. 마력 분신은 본신에 비해 능력치가 낮았고 본신 몬스터의 피로도에 따라 작업 효율이 결정되었다.

'유지비……'

유지비라는 것이 들어갔다. 신성은 작게 한숨을 내쉬었다. 다른 것들도 유지비가 들어갈 것이 분명했다.

수입이 정상 궤도에 올라갈 때까지 적자를 보는 상황이 계속될 것 같았다. 지금 당장 아깝기는 하지만 신성은 투자한 것보다 훨씬 더 많이 벌어들일 자신이 있었다.

자원만 채취해 팔더라도 유지비보다 훨씬 많은 돈을 벌어들일 수 있을 것이다. 신성은 드래곤의 상점에서 고용 노동소 역시 구입했다. 일꾼 숙소 옆에 지어진 고용 노동소는 조금은 딱딱하게 느껴지는 건물이었다.

[F+] 고용 노동소

일꾼들에게 세부적인 작업을 지시할 수 있고 지급되는 월급을 구체적으로 조정할 수 있다. 고용 노동소가 자동으로 일꾼들의 마음을 자세히 파악해 고용자에게 알려준다. 고용 노동소는 드래곤 레어가 성장하면 랭크가 상승된다.

*유지비 : 1000C

*월급 현황

작업반장 : 300C/월

일반 일꾼 : 200C/월

*일꾼들의 마음

[작업반장] 골드레빗(충성심 100%) : 농사하자. 루나가 좋아.

레드레빗(충성심 100%) : 당근이 필요해! 물고기도 좋아!

큰 앞발 빅 베어(충성심 90%, 하락 중) : 나 잘 먹는다, 꿀. 배고파. 노천탕이 필요함. 맥주도 필요함.

신성은 고용 노동소 앞에 떠오른 창을 바라보았다.

"……"

조금 머리가 아파왔다.

일꾼들에게 월급을 주지 않고 그들이 원하는 것을 들어주지 않아도 일을 시킬 수 있었지만 충성심이 크게 떨어지게 된다. 충성심이 떨어지면 작업 효율이 나빠지거나 시름시름 앓다가 병에 걸려 죽을 수도 있었는데 그렇게 된다면 보유한 몬스터가 사라지게 된다.

일단 신성은 골드레빗을 작업반장으로 임명했다. 골드레빗의 머리 위에 안전모가 생기며 어깨에 노란 완장이 달리게 되었다. 작업반장이 생기면 일의 효율도 상승하고 버프 효과도 있어서 임명하는 편이 좋았다.

고용 노동소에서 작업을 지시하자 등록해놓은 던전이 활성화되기 시작했는데 자원 던전으로서 활성화된 던전 역시 드래곤 레어 주변에 배치를 해야 했다. 신성은 드래곤 레어와는 조금 떨어진, 나무가 무성한 곳에 자원 던전을 배치했다.

던전은 동굴처럼 생겼는데 커다란 돌문이 인상적이었다.

신성이 보유한 자원 던전 안에서는 강화석과 보석류, 그리고 얼음 속성의 물고기들을 얻을 수 있었다.

"구어어!"

골드레빗의 뒤를 따라가는 빅 베어의 본신이 보였다. 빅 베어의 마력 분신도 있었는데 본신과는 확연히 색깔이 달랐고 능력치도 떨어졌다. 레드레빗 역시 어깨에 곡괭이를 걸치고는 골드레빗의 인솔에 따라 자원 던전 안으로 들어갔다.

*　　　*　　　*

던전 앞에 떠오른 창에서 현재 작업량과 작업 시간, 채취한 아이템들이 실시간으로 나타났다. 골드레빗이 전반적인 작업을 지시했지만 신성 역시 신경을 써줘야 했다. 세세한 항목까지 신경을 쓴다면 작업 효율이 올라갈 것이 분명했다.

'이제…….'

신성은 여러 가지 기반 시설들을 구입했다. 연금술, 대장간, 재봉실이 포함되어 있는 작업공방과 희귀한 재료나 아이템을 랜덤으로 파는 희귀 상점이었다.

작업공방은 드래곤의 레어 한쪽에 추가가 되었고 희귀 상점은 실체가 있는 것이 아니었다. 드래곤 레어의 중앙에 있는 보석을 통해 구입 가능한 아이템 항목을 불러올 수 있었다.

시설들 모두 유지비가 들기 때문에 이 이상 다른 시설물들을 구매하는 것은 큰 손해였다. 현재 드래곤 레어의 랭크와 자금 상황에 맞게 시설들을 구입해야만 했다. 아쉽지만 이 정도에서 멈추는 것이 옳았다.

'의외로 손이 많이 가네. 규모가 더 커지게 된다면 혼자서는 힘들겠어.'

신성 혼자 작업 지시부터 일꾼들의 복지, 그리고 돈 계산까지 하고 있었다. 게다가 아이템 가공이나 세이프리 운영, 드래곤 레어 운영, 장사에까지 신경써야 하니 머리가 복잡해졌다. 뿐만 아니라 이제 메인 퀘스트가 진행되는 마석 공략을 해야 하는 시점이었다.

루나를 떠올려 보았지만 그녀에게 맡기는 것은 무리였다. 열심히는 하겠지만 열심히만 한다는 것이 문제였다.

'믿을 만한 사람이라……'

지금 당장 떠오르는 얼굴이 있기는 했다. 다크엘프인 김수정이었다. 가끔씩 메세지를 주고받고 있는데, 그녀는 에르소나에 대한 움직임을 정기적으로 보고해주고 있었다.

신성이 시키지 않았음에도 이런저런 정보들을 보내주고 있는 것이다. 마침 김수정의 프로필 이미지가 떠오르며 메세지가 도착했다.

가볍게 안부 인사를 나누다가 김수정이 본론을 꺼냈다.

[조금 곤란한 사건이 터진 모양입니다.]

—곤란한 사건이요?

[네, 아무래도 직접 보시는 것이 좋을 것 같습니다.]

—그렇군요. 어디로 가면 되지요?

[직접 오실 생각이십니까? 상업특구에 있는 엔젤 슬라임 커피숍에서 기다리겠습니다.]

왜인지 김수정의 프로필 이미지가 크게 흔들렸다. 상위 랭크의 팔찌에서 지원하는 기능이었는데 사용자의 감정 상태에 따라 프로필 이미지나 이모티콘이 변하는 기능이었다. 신성이 생각하기에는 전혀 쓸모가 없었지만 의외로 여성 유저 층에서는 인기가 많았었다.

드래곤 레어의 일도 끝냈으니 세이프리의 상황을 알아보는 것이 좋을 것 같았다. 대리자의 신분으로 있기는 하지만 정보 창으로 볼 뿐이었고, 앞으로 일어날 마석 공략에 대한 정보도 부족했다.

'보스 몬스터는 양보할 수 없지.'

보스 몬스터는 첫 메인 퀘스트답게 대형 레이드 몬스터였다. 신성의 기억과 똑같다면 분명 많은 희생이 발생할 것이 분명했다.

신성은 새로 만든 검은 로브를 입었다. 좋은 재료들로 만든 터라 지금 시점에서는 그럭저럭 괜찮은 아이템이었다. 아이템을 제작할 때 스텟은 랜덤으로 정해져 나오는데 스텟의 종류는 그리 좋은 편은 아니었다. 근력 스텟과 매력 스텟이 붙어 나왔는데 덕분에 강화하기도 조금 애매했다.

루나의 탑으로 이동한 후에 상업특구 쪽으로 걸음을 옮겼다. 좋은 방어구들을 갖춰 입은 아르케디아인들이 보였고 각자 짐을 가득 짊어지고 있었다. 강남 마석으로 하나둘씩 떠나고 있는 상황이었다. 루나의 탑 근방에 대형 길드의 길드원들이 모여 있었는데 표정은 꽤나 심각해보였다.

신성은 일단 김수정을 만나기 위해 엔젤 슬라임 커피숍으로 향했다. 날개가 달린 슬라임이 그려진 간판이 보였다. 인테리어가 좋아 많은 이들이 찾는 곳이었다.

엘프가 정령을 이용하여 커피를 만들기에 커피 맛도 괜찮았다.

"신성 님, 여깁니다."

"오랜만이군요."

김수정의 모습이 보였다. 김수정은 꽤나 달라져 있었다. 노출이 있는 방어구를 입고 있었고 목에 검은 스카프를 두르고 있었다. 아이템들은 모두 강화가 되어 있는지 마력으로 이루어진 윤기가 흘렀다.

드래곤의 눈으로 김수정을 바라보았다.

21Lv

이름 : 김수정

소속: ─

궁합: 환상적인 커플(93%)

속궁합 : GOOD!(91%)

호감도 : 92%(존경, 다크엘프의 애정)

속감정 한마디 : "아, 행복해."

특기 : 암살

취미 : 정보 수집

좋아하는 것 : 정석적인 데이트, 날이 예리한 단검

싫어하는 것 : 가식, 발이 많이 달린 것, 가식적인 엘프

아르케디아인들에게도 드래곤의 눈은 충실하게 작동하고 있었다. 신성은 정보창을 바라보다가 잠시 말을 잊었다. 루나의 경우도 그랬지만 신성에게 관심과 애정은 무척이나 낯선 것이었다. 그 호의에 대해 어떻게 반응해줘야 할지 아직은 어색하기만 했다.

김수정은 신성이 자신을 뚫어져라 바라보자 살짝 몸을 움찔했다.

"커, 커피 드시겠습니까?"

신성이 고개를 끄덕이자 김수정은 빠르게 커피를 들고 왔다. 이곳에서 가장 유명한 슬라임 커피였다. 만약 지구로 공급되어 시중에 나오게 된다면 선풍적인 인기를 끌 것이 분명했다.

"루나의 탑 앞에 상위 레벨의 아르케디아인들이 모여 있더군요. 지금 마석 앞에 주둔지가 구축되어 있을 텐데 그곳이 아닌 이곳에 있다는 것은 우려할만한 무슨 일이 발생했기 때문이 아닙니까?"

"네, 그렇습니다."

신성이 묻자 그녀는 표정을 수습하고는 대답했다. 그녀의 표정도 좋지 못했다.

"마석 근처, 그리고 후송 물자 주변에서 살인이 일어났습니다. 일반적인 다툼이 아닌 아이템을 노린 살인이었습니다. 20

레벨을 달성한 여러 아르케디아인들이 당했습니다."

"살인이라 하시면……."

"게임 용어로는 P.K겠지요."

신성은 고개를 끄덕였다.

제법 많은 이들이 20레벨을 달성하면서 보호가 풀리게 되었다. 즉 P.K가 가능해진 것이다.

현실이 된 지금 P.K라는 말은 적절하지 않았다. 명백한 살인이었다. 안전 지역 밖에서 P.K를 하는 유저들은 꽤 있었다. 플레이어에게 죽게 되면 아이템 하나를 랜덤으로 떨어뜨리기 때문에 주로 아이템을 노린 이들이 P.K를 하는 편이었다. 게다가 몬스터보다 많은 경험치를 얻을 수 있었다.

후송 물자를 노린 약탈 행위도 상당히 많았다.

게임에서 P.K는 하나의 컨텐츠였다. 장려를 하는 것은 아니었지만 P.K를 통해 서로 전쟁을 하는 등, 게임이 한층 풍부해졌기 때문에 컨텐츠로서 인정을 하고 있었다.

물론 패널티가 있었다. 성향이 급격히 떨어지게 되고 죽게 되면 랜덤으로 하나의 아이템만 떨어뜨리는 것이 아니라 모든 아이템을 떨어뜨리는 것이었다. 게다가 P.K범, 흔히 말하는 카오 플레이어를 죽이게 되면 성향이 상승했다.

"지금 범인들이 루나의 탑으로 압송되어 온다고 합니다."

"그래서 모여 있었군요."

"그런데 상태가 조금 이상하다고 하더군요. 현실화되었기에 생긴 이변인 것 같습니다."

P.K는 예견된 일이었다. 언젠가는 반드시 일어날 일이었지만 그것이 이렇게 빠르게 발생할 줄은 신성도 예상하지 못했다. 그것도 다툼이 아닌, 아이템 약탈을 위해서 말이다. 아르케디아 온라인, 그것이 현실이 된 지구는 결코 낭만적이지 않았다.

"수인족도 포함되어 있었습니다만 대부분 휴먼족이었습니다. 차별이 생길지도 모르겠습니다."

"당장 그렇지는 않을 것입니다. 문제는 해결 방법이겠지요."

"게임에서라면 감옥에 며칠 동안 갇혀 있거나 심할 경우 마을 외곽에서 농사를 하는 등의 강제 노역을 했지요. 그러나 지금은… 어떻게 될지 모르겠습니다."

신성은 그녀의 말에 고개를 끄덕였다. 신성과 김수정은 자리에서 일어났다. 살인범들이 루나의 탑에 도착했다는 말이 들렸기 때문이다. 신성과 김수정뿐만 아니라 많은 아르케디아인들이 루나의 탑으로 몰려갔다.

신성과 김수정은 시력이 좋은 편이라 조금 멀리 떨어진 곳에서도 뚜렷하게 상황을 볼 수 있었다.

"저기 있군요. 두 명은 전투 도중에 죽었다고 합니다. 아인트 님이 직접 잡았다고 하더군요. 마석으로 가는 물자를 약탈했던 모양입니다."

김수정이 손가락으로 가리킨 곳을 바라보았다.

큰 화상과 상처를 입은 다섯 명의 아르케디아인들이 쇠창살로 만들어진 수레 안에 포박되어 있었다.

신성의 눈동자가 크게 떠졌다. 그들은 휴먼족이었지만 무언가 조금 달랐다. 피부의 일부가 파랗게 변해 있었고 검은 마력이 흘러나오고 있었다.

드래곤의 눈으로 그들을 바라보았다.

23Lv

이름 : 니베

성향 : 절망, 악

칭호 : 마석의 하수인

종족 : 휴먼→ 하급 마인(99%, 변이 중)

*악 성향 버프 효과 지속 중

[D] 악행 : 죽인 아르케디아인, 시민의 숫자에 비례하여 획득 경험치 증가

성향에 따른 몬스터화

그것은 아르케디아 온라인 설정에는 있지만 적용되지는 않

은 부분이었다. 그러나 현실이 된 지금은 적용이 되고 있었다. 휴먼 종족에서 마인으로 변하고 있는 것이다.

마인은 마족보다 아래에 있는 종족이었다. 마인이 된다는 말은 아르케디아인들의 적이 된다는 뜻이었다. 마족은 아르케디아인들의 가장 큰 적이었으니 말이다.

"지금 당장 죽여야 해요."

"아니요, 그건 해결 방법이 될 수 없습니다. 여긴 안전 지역이니 괜찮을 겁니다. 좀 더 정확히 상황을 알아본 후에……."

"그럼 어떻게 하자는 건가요? 저 살임범들을 용서해주라는 말인가요? 봐요! 몬스터로 변하고 있잖아요."

"이 부분은 좀 더 연구를 해봐야 할 것 같습니다. 성향이 신체에 미치는 영향은……."

루나의 탑은 소란스러웠다.

가장 영향력이 크고 주도권을 쥐고 있는 아르케디아인들의 목소리가 들려왔다. 이들을 어떻게 처리해야 하는가에 대한 논쟁이 붙고 있었다. 성향이 제일 끝자락에 있으니 이 자리에서 즉결 심판을 해도 불이익은 없었고 오히려 이득을 취할 수 있을 것이다.

"어떻게 될까요?"

"죽이겠지요. 그게 제일 확실한 처리 방법일 테니."

여러모로 복잡한 문제였지만 지금 같은 상황에서는 확실히 마무리를 하는 것이 좋았다.

이곳은 게임이 아니었다.

후송 물자가 약탈당했고 여러 아르케디아인이 죽었다. 마석 공략을 앞둔 지금 큰 피해를 입힌 것이다. 아르케디아인, 세이프리를 넘어 자칫 잘못하면 세계 전체가 위험해질지도 모르는 사안이었다.

신성의 예상대로 분위기 자체가 처단 쪽으로 기울고 있을 때였다.

루나의 탑 앞에 루나가 나타났다. 그녀의 곁에는 정신을 회복한 김갑진과 다른 신관들이 따르고 있었는데 살인범을 보자 루나의 표정이 굳어졌다.

"루나 님이시군요."

김수정이 루나의 모습을 보며 감탄했다. 한층 더 아름다워진 루나는 너무나 성스러워보였다.

루나의 성정으로 볼 때 그녀는 살인범을 죽이는 것에 찬성하지 않을 것이다. 그녀는 아무리 악한 자라도 선해질 수 있는 희망이 있다고 믿고 있었다. 어쩌면 가장 사악할지도 모르는 자신에게까지 희망을 가지고 있었으니 말이다.

"루나 님, 일단 저자들을 신전의 지하 감옥에 가두는 것이 좋을 것 같습니다. 에르소나 님이 돌아오신 후에……."

김갑진이 루나에게 그런 말을 할 때였다.

살인범의 모습이 심상치 않았다. 신성력을 느끼자마자 몸을 떨더니 온몸이 부풀어 올랐다. 휴먼족을 뛰어넘는 팽팽한 근육이 형성되고 마인을 상징하는 푸른 빛깔의 피부로 완전히 바뀌었다.

악 성향이 극에 달해 몬스터화가 완전히 진행되어 마인이 되어버린 것이다.

마인이 쇠창살을 붙잡았다.

투드드득!

안전 지역임에도 불구하고 쇠창살이 일그러지며 박살 났다. 안전 지역에서는 파괴적인 행위가 불가능했지만 그것이 무시되고 있었다.

아르케디아인들이 크게 놀라며 주춤거릴 때 마인이 루나를 향해 달려들었다. 두 눈에는 광기 만이 가득했고 이성이라고는 찾아볼 수 없는 상태였다.

"이런!"

"크악! 미친!"

안전 지역이기 때문에 무장을 해제하고 있던 아르케디아인들이 마인의 손에 의해 사방으로 튕겨져 나갔다.

"루나 님을 보호해!"

"자, 장비가……!"

"몸으로라도 막아!"

서둘러 인벤토리에서 장비를 꺼내 장착하고는 있지만 이미 마인은 루나의 앞까지 도달했다. 마인의 스텟은 크게 상승해 있었다. 23레벨에서 폭발하는 움직임에 빠르게 대응을 하기는 힘들었다.

루나는 마인을 차분한 눈으로 바라보고 있었다.

그녀에게서 공포는 느껴지지 않았다. 다만 마인이 다치게 한 아르케디아인들에 대한 걱정이 보일 뿐이었다.

"쿠아아아!"

신관들을 쳐내고 루나에게 주먹을 휘두르려는 순간이었다.

콰아아아아앙!

바닥이 박살 나며 조각들이 사방으로 비산했다. 그것은 마인에 의해 만들어진 것이 아니었다.

검은 로브가 휘날리는 순간 마인의 몸이 그대로 바닥에 꽂혀 있었다. 거대한 존재감을 뿜어내는 자가 마인의 머리를 밟아버리며 차가운 눈빛으로 마인을 바라보고 있었다.

그 황금빛 눈동자에서 자비 따위는 찾아볼 수 없었다.

*　　　　*　　　　*

마인뿐만 아니라 주변의 아르케디아인들도 그의 모습을 보자 움직일 수 없었다. 알 수 없는 두려움이 몸을 굳게 만든 것이다.

드래곤 피어는 상대의 영혼 깊숙한 곳으로부터 공포를 불러오는 힘을 지니고 있었다. 모든 존재를 발밑으로 내려다보는 드래곤의 오만함은 적들에게 공포를 넘어 절망을 부여할 것이다.

"으, 으아아……!"

신성은 자신에 발밑에서 허우적거리는 마인을 바라보았다. 혈관을 타고 휘몰아치는 드래곤 하트의 마력이 그의 살기를 더욱 증폭시켜주었다.

마인의 온몸에 힘이 잔뜩 들어가며 퍼런 혈관이 치솟아 있었지만 결코 일어날 수 없었다.

그것을 신성이 용납하지 않았다.

콰득!

오히려 바닥이 박살 나며 마인의 머리가 바닥으로 파고들었다. 하얗던 바닥이 더러운 색으로 물들어 가고 있었다.

"크, 크아아!"

마인은 비명을 질러대며 머리를 바닥에 비볐다. 머리가 반쯤 박살 났지만 멈추지 않았다.

마인은 완전히 휴먼과는 다른 종족이었다. 마계의 종족 특성상 상처를 입어도 마력만 있다면 자가 회복이 가능했다. 상처 회복 속도는 해당 몬스터의 레벨과 랭크에 따라 달랐지만 말이다.

신성이 천천히 손을 뻗으며 발밑에 이는 마인을 바라보았다. 마인의 간신히 돌아간 눈동자에 신성의 손이 비쳤다.

빠르게 마법진이 떠오르는 순간이었다.

"크, 크윽⋯⋯."

"다크 애로우."

콰득!

마인의 몸에 어둠의 화살이 꽂혀 들어가며 육체가 그대로 박살 났다. 근거리에서 폭발하는 다크 애로우는 방어구조차 갖추지 않은 마인의 몸이 견디기 힘든 위력이었다. 마인의 박살 난 육체에서 자욱한 어둠의 기류가 주변으로 뿜어져 나왔다.

[700EXP UP!]

[4P UP!]

마인으로 변한 아르케디아인을 죽이니 경험치가 올랐다. 그리고 마인의 육체가 사라지고 나타난 것은 영혼석이 아닌 아이템이었다.

몬스터처럼 아이템이 드롭된 것이다.

[E+] 타락한 자의 결정

타락한 자가 죽게 되면 나오는 결정. 암흑 마력을 머금고 있어 연금술의 연성 재료로서 가치가 높다. 음지에서 활동하는 네크로맨서들은 타락한 자의 결정을 이용해 하수인을 만들어 내기도 한다.

[E] 어두운 하급 마정석

어둠의 마력 코인을 획득할 수 있다. 마석 안에서 쓰이며 다른 곳에서는 볼 수 없는 마계의 아이템을 구매할 수 있다.

드롭된 아이템은 그들이 더 이상 아르케디아인이 아니라고 말하고 있었다.

신성은 고개를 돌려 루나를 바라보았다. 루나는 살짝 놀란 눈으로 신성을 바라보고 있었다.

도와주지 않았어도 루나는 안전했을 것이다. 공격 능력이 약하다고는 하지만 루나는 신이었다. 그녀가 독한 마음을 먹고 나선다면 이곳의 그 누구도 당해낼 수 없을 것이다. 그녀의 성격상 그런 일은 없을 테지만 말이다.

신성은 그녀가 안전할 것이라고 머리로는 생각하고 있었지만 몸이 먼저 움직여 버렸다.

'나도 멀었어.'

가끔씩 나오는 이런 감정적인 부분이 자신의 약점이라고 생각하고는 있었지만 고쳐질지 의문이었다.

[천공의 도시 세이프리에 하급 마인이 침입했습니다.]

[안전 지역→ 전투 지역]

[경계 상태에 돌입합니다.]

모험가 팔찌 위로 그런 창이 떠올랐다. 세이프리는 저들을 적으로 확실히 인지했다.

마인에게 부상당한 이들 중에는 레벨20이 안 되는 이들도 많았다. 마인들은 몬스터로 인식되었기에 루나의 가호를 무시하며 공격할 수 있었다.

"크, 크아아!"

"크으으!"

다섯의 살인범들도 마인으로 변하기 시작했다. 모두 다 같은 형상은 아니었다. 몬스터처럼 덩치가 커지거나 머리에 뿔이 돋는 등 각자 다른 모습으로 변하였다. 신성의 눈에는 그들에게서 다른 몬스터, 혹은 마족으로 진화할 수 있는 가능성이 보였다.

다섯의 마인들이 루나와 루나의 탑을 향해 돌진하기 시작했다. 루나의 탑은 세이프리를 유지하는 중심이었다. 루나와 신성력으로 연결되어 있는 심장과도 같은 곳이었다.

루나의 탑이 무너진다면 세이프리뿐만 아니라 루나도 큰 타격을 받을 것이 분명했다.

루나는 신성력을 일으키며 레벨이 낮은 아르케디아인들에게 모조리 신성력으로 이루어진 방어막을 걸어주었다.

이 엄청난 대규모 범위 마법은 막대한 신성력을 소모했지만 루나는 흔들리지 않았다.

"막아!"

"방어 대형을 갖춰!"

루나의 탑 근처에 있는 아르케디아인들이 방어 자세를 취했지만 신성은 달랐다. 신성은 인벤토리에서 검을 꺼내며 손에 들었다.

그리고 마인들을 향해 걸어갔다. 마인이 신성의 지척에 달하는 순간이었다.

서걱!

신성의 검이 순식간에 마인의 허리를 가르며 지나갔다. 그어떤 방어구도 입고 있지 않은 마인은 속성 공격에 무척이나 취약했다. 차라리 일반 몬스터가 강하게 느껴질 정도였다.

화르륵!

순식간에 불길이 치솟아 마인을 휘감았다. 신성이 무심하게 지나치자 불길에 휩싸여 난동을 피우던 마인이 바닥에 쓰러졌다.

"크, 크아아!"

신성은 옆으로 손을 뻗어 달려오는 마인의 목을 잡았다. 마인은 높아진 근력으로 발버둥 쳤지만 신성의 손아귀에서 벗어나지 못했다. 신성의 손가락이 목을 파고들며 목뼈가 뒤틀리기 시작했다.

30레벨, 그리고 [E-]랭크에 달한 드래고니안의 근력을 하급 마인 따위가 감당할 수 있을 리 없었다.

"다크 애로우."

퍼어억!

목이 떨어져나가며 그대로 바닥에 쓰러졌다. 남은 셋이 흠칫 몸을 떨며 신성을 노려보았다. 마인들이 신성을 향해 주먹을 휘둘러왔다. 무기가 없는 것치고는 제법 강력한 공격이었다. 레벨이 낮은 아르케디아인들에게는 치명적으로 작용할 것이다.

티잉!

그러나 신성의 마력 스킨을 결코 뚫을 수는 없었다. 오히려 그들의 주먹에서 피가 터져나갈 뿐이었다.

신성은 자신의 얼굴로 향하는 주먹을 잡아챘다.

우득!

신성은 마치 방망이를 휘두르는 것처럼 마인의 몸을 다른 마인에게 휘둘렀다.

퍼억!

"크, 크엑!"

"커헉!"

몸이 겹쳐지며 쓰러지려는 순간

"베쉬."

화려한 불길을 머금은 검풍이 터져나가며 두 마인의 육체를 갈라버렸다.

신성은 마지막 남은 마인을 바라보았다. 신성과 눈이 마주친 마인은 온몸을 격하게 떨다가 반대편으로 도망치기 시작했다. 두려움 때문에 이성을 찾은 모양이었다.

아르케디아인들이 놀라며 물러났지만 신성은 신경 쓰지 않았다. 마인의 위로 떨어져 내리는 김수정의 모습이 보였기 때문이다.

그녀의 특기는 암살이었다.

철컥!

신성이 검을 검집에 넣음과 동시에 죽은 마인들의 몸이 연기가 되어 사라졌다. 오히려 몬스터보다 상대하기 쉬운 느낌이었다.

[LEVEL UP!]

[공개 처형 보너스!]
판정 E!
경험치 120% 상승!

[드래곤의 피가 짙어졌습니다.]
[용54 : 인 : 46]

더욱더 전투를 이어가고 싶은 마음이 들었지만 신성은 침착하게 마음을 가라앉혔다. 주변을 바라보니 갑작스럽게 일어난 사태에 혼란스러워하는 기색이 가득했다.

신성은 이 사태가 앞으로 큰 변수로 작용할 것을 직감했다.

불어오는 바람에 신성의 로브자락이 휘날렸다.

고개를 돌려 루나와 눈을 맞춘 신성은 잠시 그녀를 바라보다가 반대편을 향해 걸어 나갔다. 말하지는 않았지만 루나의 고마움과 미안함이 담긴 감정이 느껴졌다.

아르케디아인들이 양옆으로 갈라서며 비켜섰다.

"잠⋯⋯!"

상위 레벨의 아르케디아인이 신성을 부르려 했지만 김갑진이 손을 뻗어 그의 어깨를 잡았다. 김갑진이 조용히 고개를 젓자 그 아르케디아인은 얼떨떨한 표정으로 고개를 끄덕였다.

루나의 탑에 있는 자들 중에 신성이 누구인지 알고 있는 자들은 상당히 많았다. 그들은 신성을 건드려서 좋을 것 없다는 판단을 내리고 있었다. 과거에 그가 지녔던 악명은 방금 저 마인 따위와는 비교도 할 수 없을 정도였으니 말이다.

"와, 대박……."

"봤어? 방금?"

"오, 나 녹화했는데 유료 결제로 팔아볼까?"

"개쩔어! 누구지?"

아르케디아인이라서 그런지 심각한 분위기에 어울리지 않는 말들이 나오고 있었다. 어쩌면 마인들의 난동보다 신성의 압도적인 모습이 더욱 인상적이었는지도 몰랐다.

*   *   *

세이프리의 분위기는 심상치 않았다. 악 성향이 극에 달하면 몬스터로 변한다는 사실은 아르케넷에 빠르게 퍼졌다. 성향은 살인이나 그에 버금가는 행위를 하지 않으면 크게 떨어지지 않았지만 몬스터가 될 가능성이 있었기에 혼란스러운 분위기는 계속되었다.

수호자 길드와 다른 대형 길드들은 이러한 일들을 막기 위한 규칙의 필요성을 느꼈다. 이유를 막론하고 악 성향이 된 아르케디아인들에게 제재를 가해야 한다는 것이 주된 내용이었다. 그리고 아예 악 성향으로 가는 것을 방지하기 위해 자신들만의 법을 세워야 한다는 말들이 나오고 있었다.

아르케디아인들에게 통용되는 법과 질서.

그것이 어떤 영향을 미칠지 아직은 아무도 모르는 일이었다. 루나는 심각한 상황에 다른 아르케디아인들과 회의를 하기 바빴다.

루나는 시무룩한 이모티콘을 보내며 신성에게 늦을 것이라 말해주었다.

[수호자를 포함한 대형 길드들이 내일 아침 마석으로 진입할 것 같습니다. 이번 일에 관련된 규율을 세우고 세력을 더 강화하기 위해서는 아무래도 지금보다 훨씬 높은 무력과 많은 자본이 필요할 테니 말입니다. 보스 레이드 성공 시, 그들에게 막대한 자금과 아이템이 집중될 것입니다.]

김수정은 정보를 수집해 신성에게 전해주었다. 김수정의 은신 랭크는 대단히 높았다. 스킬 포인트를 거의 그쪽에 투자하여 상위 종족들이라고 할지라도 잘 알아차리지 못할 정도였다.

대형 길드뿐만 아니라 다른 아르케디아인들도 이득을 챙기기 위해 마석으로 떠나고 있었다. 마석 안은 언제든지 진입이 가능했기에 먼저 들어가는 이들도 있었다.

트레져 헌터라고 스스로를 부르는 자들이었는데 그들은 몬스터 사냥보다 마석 안에 숨겨진 보물을 찾아내는 것을 목적으로 했다.

메인 퀘스트가 진행되는 무대는 그만큼 광활했다. 숨겨진 요소가 상당히 많은 곳이었다.

[…그리고 아르케넷에 신성 님에 대한 이야기가 올라왔습니다만…….]

—그렇습니까? 확인해보도록 하지요. 아, 혹시 저와 함께 일하고 싶은 생각이 있으십니까?

[네! 당연합니다.]

김수정의 프로필 이미지가 격하게 흔들렸다.

—알겠습니다. 그럼 다시 연락드리겠습니다.

신성은 김수정에게 드래곤 나이트를 제안하는 것도 생각하는 중이었다. 종속 계약이니만큼 그녀가 동의를 해야 하겠지만 말이다. 그녀의 능력이라면 향후 일을 진행하는데 큰 도움이 될 것 같았다.

자신 역시 그녀에게 큰 도움을 줄 수 있고 말이다.

'나도 마석으로 출발해야겠군.'

신성은 잠시 아르케넷을 살펴보았다. 김수정의 말대로 신성은 아르케디아인들에게서 화제가 되고 있었다.

자유게시판 102,231번

조회수 : 233,223

작성자 : [길냥이] 수냥이

제목 : 할 말을 잊음.

ㅇㅇ. 난 배경사진으로 해놓음.

(사진 첨부)

RE : [근육 호랑이] 호라스 : 엌ㅋㅋ, 파티장님ㅋㅋㅋ

RE: RE : [방패성애자] 시르 : 헐, 저 님이 왜 저기 있음?

[댓글 더 보기(123개)]

*[행복한] 김수정님이 이 글을 좋아합니다.(친구)

특히 화제가 되는 사진이 있었는데 신성이 검을 든 채로 루나를 바라보고 있는 장면이었다. 루나와 눈을 맞추고 있는 장면은 마치 영화 속에나 나올법한 모습이었다. 어떤 비극적인 사연을 가진 주인공처럼 보이기도 했다.

　[좋아요 8,000 달성!]
　[대단한 화제가 되어 칭호를 획득하였습니다.]
　[C] 아련한 흑기사
　루나를 지키는 모습이 많은 아르케디아인들의 마음을 움직였다. 루나를 바라보는 아련한 눈빛은 많은 이들의 상상력을 불러일으키고 있다.
　*신비 +100
　*기품 +70

　"……."
　오그라드는 칭호이기는 하지만 어쨌든 버프 효과가 있기는 했다. 어디다 써먹을지 감이 안 잡히는 효과지만 말이다. 신성은 슬며시 싫어요 버튼을 누르고는 아르케넷을 닫았다.
　아르케디아인들은 스스로의 불안감을 지우려 이런 게시물에 더 관심을 쏟는 것인지도 몰랐다.

*　　　　*　　　　*

신성은 식탁 위에 놓인 어둠의 마력 코인을 바라보았다. 보통의 마력 코인과는 다르게 검은빛깔을 지니고 있었다. 일반적인 곳에서는 사용할 수 없는 화폐였고 던전 안에서 나오는 특수한 곳에서만 사용할 수 있었다.

마족과 관련된 몬스터를 잡으면 나오는 보상이었는데 마족들이 이용하는 아이템을 얻을 수 있는 수단 중 하나였다. 마족의 아이템은 일반적인 아이템과는 달리, 성능이 무척이나 높은 대신 일정한 패널티를 부여했다.

가장 유명한 '[SS] 마왕의 핏빛 낫' 같은 경우에는 레전드급을 넘어서는 파괴력과 마력을 계속 공급해주는 부가 기능까지 달려 있었지만 사용자의 체력을 계속 갉아먹었다.

그러한 패널티 덕분에 종족이나 직업에 따라서 효과가 극명으로 갈리는 아이템이 바로 마계의 아이템이었다.

'일단 마석 공략에만 집중하자. 메인 퀘스트가 우선이야.'

아무래도 내일 아침에 출발하는 것이 좋을 것 같았다.

이번 마인 사태는 마석 공략의 속도를 더 빠르게 가속시켜버렸다. 좀 더 여유를 가지고 준비하려던 신성의 계획이 물거품이 되어버렸다.

신성은 본격적으로 준비를 하기 시작했다. 요리 재료부터 시작하여 채집 도구, 장비 수리 도구뿐만 아니라 미리 구입해

놓은 포션들까지 챙겼다.

황금 가방을 써서 인벤토리를 늘렸음에도 인벤토리가 거의 꽉 차게 되었다. 여러 장비들의 무게와 부피가 상당했기 때문이다. 단기간이라면 상관없겠지만 이런 장기적인 공략에서는 인벤토리의 여유 용량은 필수였다.

'강화해야겠군.'

황금 가방이 +8강까지만 가더라도 용량이 엄청나게 늘어날 것이다. 물론 무역품을 옮길 수 있는 수준은 아니겠지만 장기간의 사냥에서도 충분히 여유롭게 사용할 수 있을 것이다.

신성은 공방에 들어가 망치를 잡았다. 가지런히 정리해놓은 캐시템들이 보였다. 은은한 빛을 머금고 있어 취침등으로도 쓸 만했다.

쓰는 것이 아까웠지만 투자라고 생각해야 했다. 신성이 망치를 잡자 드래곤 하트에서 마력이 뿜어져 나오며 망치에 깃들었다. [E] 드래곤의 제련기술은 다른 이들의 스킬에 비해 성공 확률이 높았고 각성 강화 역시 잘 터지는 편이었다. 각성 강화란 강화에 성공했을 때 일정한 확률로 아이템의 내구도가 상승하는 것을 뜻했다.

신성은 본격적으로 강화를 시작했다.

"구어어?"

드래곤 레어의 문이 열리고 빅 베어가 머리를 들이밀었다. 도와주고 싶다는 눈빛을 보내오고 있었다. 그 대신 보수를 원하고 있었는데 드래곤 상점에서 파는 일꾼용 음식을 먹고 싶은 모양이었다.

잠시 신성은 빅 베어를 바라보다가 입을 떼었다.

"창고에 가서 강화석 좀 더 가지고와. 그리고 도구들도 좀 옮기고. 작업 수당은 주도록 하지."

"구어!"

[큰 앞발 빅 베어의 충성심이 상승하였습니다.]

*충성심 : 100%

*큰 앞발 빅 베어가 현재 조건에 만족하여 레벨이 올랐습니다.

*고용노동소를 통해 십인장으로 승급이 가능합니다.

상당히 만족한 모양이었다.

거대한 덩치를 움직이며 빅 베어가 창고에서 강화석을 들고 왔다. 빅 베어의 보조 덕분에 작업 속도는 빨라졌다.

안전기원석과 빛나는 강화석을 소모하여 황금 가방을 +8로 만들었다. 유니크 검도 손봤는데 마력의 황금색 가루를 이용해 한 랭크 올리고 +9강을 만들었다. 제법 실패하여 손실이 있기는 했지만 이 정도면 투자한 값어치를 톡톡히 해낸 것으로 봐야 했다.

강화에 성공한 모습을 보고 빅 베어가 뒤뚱거리며 자기 일처럼 좋아했다.

빅 베어가 내민 손에 마력 코인을 쥐여 주자 빅 베어는 드래곤 상점에서 일꾼용 벌꿀주를 구입하고는 벌컥벌컥 마시기 시작했다.

신성은 강화한 덕분에 용량이 늘어난 인벤토리를 보며 만족스러운 미소를 지었다.

'가방 같은 걸 8강까지 강화한 자는 나밖에 없겠지.'

다른 이들이 보았다면 분명 기절했을 것이다. 그런 곳에 빛나는 강화석을 사용했으니 말이다.

신성은 드래곤 상점을 열었다. 희귀 상점을 구입했기 때문에 어떤 아이템이 있을지 기대가 되었다.

[D-] 테이밍 코인(에픽)

몬스터를 봉인할 수 있는 코인. 지배의 힘을 지닌 자만이 사용할 수 있다. 봉인된 몬스터의 종류, 랭크에 따라 고위 일꾼, 하인, 집사 또는 탈 것으로 전환이 가능하다.

*D-랭크 이하의 몬스터 테이밍 가능

*테이밍 조건 : 완전한 굴복

가격 : 17KC

[E+] 다소 과격한 전투술

고대의 전투 기술이 적혀 있는 서적. 익힌다면 본인에게 맞는 전투 기술로 업그레이드 할 수 있다.

가격 : 10KC

아이템 항목 중에 가장 눈에 띄는 것은 두 가지였다.

'이거라면…….'

테이밍 코인의 가격은 너무나 비쌌지만 투자할 가치가 충분했다. 좀 더 많은 노동력이 필요했으니 말이다.

전투술이라는 스킬은 그간 부족했던 세이프리 하급 검술의 위력을 커버해 줄 수 있을 것이다.

신성은 부들부들 떨리는 손으로 두 아이템을 구입했다. 순식간에 마력 코인이 소모되며 사라졌다.

테이밍 코인은 투명한 동전이었다. 크기는 마력 코인보다 더 컸는데 아무런 모양이 없는 밋밋한 모습이었다. 아마 몬스터를 잡게 되면 그 몬스터의 모습이 떠오를 것이다.

신성은 다소 과격한 전투술을 익혔다. 드래곤 하트의 마력이 스킬 서적에 스며드는 순간 스킬 서적이 사라지며 스킬이 익혀졌다.

[드래곤의 힘으로 다소 과격한 전투술이 드래고니안의 전투 기술로 변경됩니다.]

[F+] 세이프리 하급 검술→[E] 드래고니안의 검술

[E] 드래고니안의 전투 기술(레전드)

용의 재능이 최대한으로 발휘되는 전투 기술. 모든 스텟이 높은 드래고니안에게 일반적인 전투 기술은 어울리지 않는다. 드래고니안은 무기를 가리지 않으며 상대를 철저하게 박살 내는 것에서 쾌감을 얻는다.

어둠의 용언 마법과 조합하여 사용할 수 있다.

*무기 관련 스킬을 익혀 전투 기술 안에 포함시킬 수 있다.

*[E] 드래고니안의 검술

*[E] 드래고니안의 격투술

이제야 뭔가 전투 방식에 체계가 잡히는 느낌이었다. 기존 검술은 드래고니안의 지닌 힘을 제대로 발휘하지 못하는 경향이 있었다. 안 맞는 옷을 억지로 입고 있는 것 같은 느낌이었다. 그러나 지금이라면 마음껏 활개를 칠 수 있을 것 같았다.

'묵직한 양손검이 어울리기는 한데……'

지금 가지고 있는 유니크 검도 나쁘지는 않았다.

신성이 모든 준비를 끝마쳤을 때였다.

신성력이 휘몰아치며 루나가 나타났다. 녹초가 된 모습이었는데 신성은 [F] 당근 주스를 만들어 건넸다.

"꿀꺽! 캬아!"

루나가 원샷을 하고는 마치 맥주를 마신 것처럼 컵을 내려놓더니 탄성을 내뱉었다. 한쪽 구석에서 벌꿀 맥주를 마시고 있던 빅 베어가 루나를 보자 손을 흔들었다. 그 흉폭했던 몬스터라고는 생각할 수 없을 정도로 대단히 순한 모습이었다.

"으, 죽는 줄 알았어요. 일이 얼마나 많은지……."

"죽을 뻔했지."

신성이 차갑게 말하자 루나가 움찔 거리면서 신성의 눈을 피했다.

"…조금 망설이기는 했어요. 그래도 괜찮았을 거에요."

"알아."

신성이 작게 한숨을 내쉬자 루나가 신성을 바라보며 웃었다. 신성의 그런 태도가 그녀에게 있어서는 행복하게 느껴진 모양이었다.

신성의 눈에 그녀가 손에 들고 있는 것이 보였다. 약간 광택이 나는 종이를 둘둘 말아서 가지고 있었다.

"아! 이거요? 벽에 걸어 놓으려고 만들어왔어요!"

"뭔데?"

"짠!"

루나가 종이를 펼치며 보여주었다. 그것은 깔끔하게 인쇄된 사진이었다. 자신의 권능을 이용해서 만들었는지 신성력이 흐르고 있었다. 신성은 그 사진을 본 순간 할 말을 찾지 못했다. 아르케넷을 뜨겁게 달구고 있는 신성과 루나의 사진이었기 때문이다.

[F] 신성과 루나의 사진

꽤나 아름답게 잘 나온 사진. 환상적인 분위기가 일품이다. 루나가 정성스럽게 원본 화질 그대로 만들어냈다. 바라만 봐도 행운 스텟이 올라간다.

*행운 +15(30분)

짝짝짝!

루나가 빅 베어에게 보여주자 빅 베어는 고개를 끄덕이며 박수를 쳤다. 루나는 액자까지 가지고와 사진을 넣은 다음 벽에 걸었다. 그러고는 만족한 미소를 지으며 고개를 연신 끄덕였다.

[드래곤 레어의 디자인 점수가 상승하였습니다.]
[드래곤 상점에서 인테리어 항목이 해금됩니다.]

그러한 창이 드래곤 레어에 떠올랐다.

"근데 어디 가세요?"

"내일 아침에 마석으로 출발하려고."

"아……."

준비되어 있는 아이템들을 본 루나가 묻자 신성이 그렇게
답했다.

"같이 가고 싶은데… 안 되겠죠?"

"응."

루나는 시무룩한 표정을 지었다가 무언가 생각났는지 신성
을 바라보았다.

"그럼 나중에 서울 구경 시켜줘요!"

"세이프리 밖으로 나갈 수 있어?"

"드래곤의 파트너가 되었으니 같이 나간다면 가능해요. 제
약이 많이 붙겠지만요."

"알았어."

신성이 고개를 끄덕이며 말하자 루나는 대단히 기뻐했다.

"고마워요. 아! 맞다. 신성 마법을 가르쳐드릴게요."

루나가 의욕이 넘치는 표정으로 신성을 서재로 이끌었다.

루나의 신성 마법은 공격 능력은 거의 없지만 치료 방면에서는 가장 탁월한 효과를 지녔다고 알려져 있었다. 그것은 루나의 성품이 반영된 결과인지도 몰랐다.

어디서 들고 왔는지 칠판까지 가지고 와서 신성에게 신성 마법의 이론에 대해 설명해주기 시작했다.

신성은 용의 재능이 발동하여 쉽게 이해할 수 있을 것이라 생각했다. 물론 이해는 되었지만 무언가 중간중간 생각이 꼬여 버리는 부분이 있었다.

[신성 마법의 기초 이론을 익혔습니다.]

신성은 일단 대수롭지 않게 넘어갔다. 신성이 얼추 이해한 듯 보이자 루나는 굉장히 기뻐하며 하급 신성 마법인 힐을 펼쳐보여 주었다.

드래곤의 눈으로 신성 마법을 해석해보았다. 일반적인 마법진과는 다르게 제대로 계산이 안 되는 부분이 존재했다. 그러나 신성 마법을 익히는 것 자체에는 문제가 없어보였다.

드래곤 하트가 요동치기 시작했다.

[스킬이 업데이트 되었습니다.]
*[E-] 기초 신성 마법을 익혔습니다.

[용의 재능이 신성 마법의 효과를 왜곡하였습니다.]

*[E-] 기초 신성 마법→[E] 괴상한 신성 마법

[E] 괴상한 신성 마법

드래곤은 신성 마법과 어울리지 않는 존재이다.

용의 재능이 신성 마법을 익히는 것에 협조하기는 했으나 근본적인 부분을 뒤틀어버려 신성 마법에 괴상한 부작용이 부여되었다.

반룡화 현신을 사용하게 되면 신성 마법의 효과가 상승하는 만큼 부작용의 랭크 역시 상승한다.

*[E] 저주받은 힐

대상의 상처와 체력을 큰 폭으로 회복시켜준다. 그러나 저주 계열의 상태 이상 효과를 랜덤으로 부여한다.

(신성력 : 120 소모)

부작용 : [F] 폭주, [F+] 무기력, [E-] 발정, [E+] 사랑, [E] 감정의 폭주, [E] 우울 등.

*[E-] 고통의 방패

대상에게 신성력으로 이루어진 방어막을 만들어준다. 방어

막이 부서지기 전까지 대미지를 막아주지만 대미지에 상응하는 육체적인, 또는 정신적인 고통을 랜덤으로 받게 된다.

(신성력 : 150 소모)

부작용 : [E] 혐오의 공포, [E] 쾌락의 고통. [E-] 악몽, [E+] 간지럼 등.

루나 역시 신성이 배운 신성 마법의 성취를 확인할 수 있었다. 신성과 루나는 잠시 마주보며 말을 잊었다.

"제가 자, 잘못 본건가요?"

"그건 아닌 것 같은데."

"괘, 괜찮아요! 랭크를 보니까 효과는 확실할 것 같아요! 처음부터 이 정도 성취를 보인 존재는 없었어요. 요, 용족인데 신성 마법을 익힌 것 자체가 위대한 일이라구요!"

루나는 애써 포장을 하고 있었다. 신성은 정보창을 보며 깊게 고민했다.

'이거 공격 마법인가?'

잘만 사용하면 공격 마법의 범주를 넘어서는 고문 마법으로도 활용이 가능할 것 같았다. 일단 신성 마법의 범주 안에 있으니 여러모로 활용한다면 상당히 괜찮을 것 같기도 했다.

신성은 힐을 떠올리며 드래곤 하트 안에서 잠자고 있었던 신성력을 불러 일으켰다. 그러자 백색의 마법진이 형성되었다. 보통 신성 마법진과는 다르게 사악한 드래곤이 입을 벌리고 있는 형상이 그려져 있었다.

"……."

"그거… 위험해보여요. 죄송해요."

"일단 봉인을 해 놓아야겠어."

"그러는 것이 좋겠어요."

신성이 마법진을 지우려고 할 때였다. 빅 베어가 뒤뚱거리다가 서재로 다가왔다. 이제 일꾼 숙소로 돌아간다는 의사를 표하기 위해서였다.

"그어?"

킬킬킬! 킬킬킬!

빅 베어의 음성이 들리는 순간 갑자기 마법진에서 사악한 웃음소리가 터져 나왔다. 루나는 소름이 끼치는지 양팔을 감싸며 뒤로 물러났다.

파아아앗!

마법진이 그대로 터져 버리며 빅 베어를 향해 밝은 빛이 쏟아져 나갔다. 신성이 발동하지 않았음에도 멋대로 발동된 것이다. 신성과 루나는 빅 베어를 바라보았다. 고개를 푹 숙이고 있던 빅 베어가 고개를 들었다.

활기가 넘치기 시작한 빅 베어의 눈은 붉게 충혈 되어 있었다. 콧바람이 뿜어져 나왔고 기이한 울음을 흘렸다.

"그어어어어!"

한 차례 울부짖은 빅 베어는 빠르게 레어 밖으로 달려 나갔다. 침묵이 내려앉았다.

신성과 루나의 눈이 마주쳤다.

"저, 아침까지는 시간이 많이 남았는데……."

"…음."

신성과 루나는 서로 마주보며 어색한 웃음을 흘렸다.

『드래곤 레이드』 3권에 계속…

초대형 24시 만화방

신간 100%, 샤워실, 흡연실, 수면실(침대석), 커플석, 세탁기 완비

▪ 시흥 정왕25시점 ▪

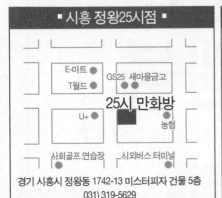

경기 시흥시 정왕동 1742-13 미스터피자 건물 5층
031) 319-5629

▪ 강북 노원역점 ▪

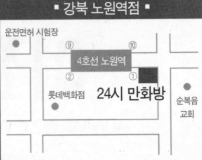

서울 노원구 상계동 340-6 노원역 1번 출구 앞 3층
02) 951-8324 (화용빌딩 3층)

▪ 일산 정발산역점 ▪

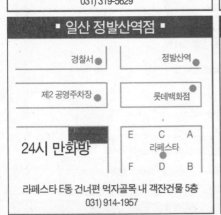

라페스타 E동 건너편 먹자골목 내 객잔건물 5층
031) 914-1957

▪ 일산 화정역점 ▪

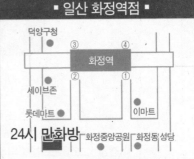

경기도 고양시 덕양구 화정동 984번지 서일빌딩 7층
031) 979-4874 (서일사우나 건물 7층)

▪ 부천 역곡역점 ▪

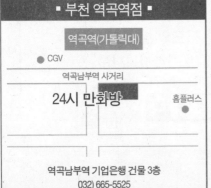

역곡남부역 기업은행 건물 3층
032) 665-5525

▪ 부평역점 ▪

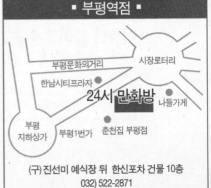

(구) 진선미 예식장 뒤 한신포차 건물 10층
032) 522-2871

현윤 장편소설
FUSION FANTASTIC STORY

현대 무림 지존

무참히 살해당한 부모님의 복수를 위해
모든 걸 걸었다!

『현대 무림 지존』

"너희들의 머리 위에 서 있는 건 나다."

잔혹한 진실을 딛고 진정한 무인으로 거듭나는
태하의 행보를 주목하라!

Book Publishing CHUNGEORAM

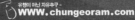
유행이 아닌 자유추구 -
WWW.chungeoram.com

FUSION FANTASTIC STORY

텀블러 장편소설

현대 천마록

천하를 호령하고, 전 무림을 통합한
일월신교의 교주 천하랑.
사람들은 그를 천마, 혹은 혈마대제라고 불렀다.

『현대 천마록』

무공의 끝은 불로불사가 되는 것이라 생각했지만
그로서도 자연의 섭리 앞에선 어쩔 수 없었다!

'그렇게 많은 피를 흘렸음에도 불구하고
죽을 때가 되니 남는 것이 없군그래.'

거듭된 고련 끝에 천하랑의 영혼이
존재하지 않게 된 그 순간
그의 영혼은 현세에서 천마로서 눈을 뜬다!

Book Publishing CHUNGEORAM

유행이 아닌 자유추구 -
WWW.chungeoram.com

FUSION FANTASTIC STORY
가프 장편소설

시크릿 메즈
SECRET MEZZ

─너는 10,000개의 특별한 뉴런을 더하게 되었어.
매직 뉴런, 불멸의 뉴런이지.

실험실 알바를 통해 만난 '6번 뇌'.
우연한 만남은 이강토를 신비의 세계로 이끈다.

『 시크릿 메즈 』

매직 뉴런을 탑재한 이강토의
정재계를 아우르는 좌충우돌 정의구현!
긴장하라, 당신이 누구든 운명은 이미 그의 손안에 있으니!

"무슨 꿍꿍이가 있는지, 어디 한번 봐볼까?"

Book Publishing CHUNGEORAM

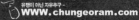
유행이 아닌 자유추구─
WWW.chungeoram.com

미러클
테이머

인기영 장편소설

FUSION FANTASTIC STORY

MIRACLE
TAMER

이계로 떨어져 최강, 최고의 테이머가 되었다.
그러나… 남은 것은 지독한 배신뿐.

배신의 끝에서 루아진은 고향, 지구로 되돌아오게 되는데…….
몬스터가 출몰하기 시작한 지구!
그리고 몬스터를 길들일 수 있는 테이머 루아진!
그 둘의 조합은……?

『미러클 테이머』

바야흐로 시작되는
테이머 루아진과 몬스터들의 알콩달콩한
대파괴의 서사시!!

Publishing CHUNGEORAM

FUSION FANTASTIC STORY

텀블러 장편소설

현대 천마록

천하를 호령하고, 전 무림을 통합한
일월신교의 교주 천하랑.
사람들은 그를 천마, 혹은 혈마대제라고 불렀다.

『현대 천마록』

무공의 끝은 불로불사가 되는 것이라 생각했지만
그로서도 자연의 섭리 앞에선 어쩔 수 없었다!

'그렇게 많은 피를 흘렸음에도 불구하고
죽을 때가 되니 남는 것이 없군 '그래'

거듭된 고련 끝에 천하랑의 영혼이
존재하지 않게 된 그 순간
그의 영혼은 현세에서 천마로서 눈을 뜬다!

Book Publishing CHUNGEORAM

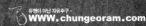

유행이 아닌 자유추구 -
WWW.chungeoram.com

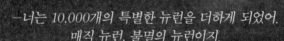